又是愉快的一天

陶立夏

著

湖南文艺出版社
HUNAN LITERATURE AND ART PUBLISHING HOUSE

博集天卷
CS-BOOKY

我们最需要的是生活，
是相信使我们活下去的东西。

—— 安托南·阿尔托（Antonin Artaud）

又是愉快的一天

Contents

1

GOOD DAYS

最开心的是，你气定神闲，却有要等的人：轻松地肩负重要使命，
如同时抵达河的两岸。

春

[Spring]

人始终不会孤单。从物质上说从来不孤单，在任何地方。人总是在某一个地方，他会听到厨房的声音、电视或收音机的声音、附近住房和整个大楼里的声音。尤其是当他从来不要求我总是要求的那种安静。

——玛格丽特·杜拉斯《写作》

杰克·吉尔伯特说，我们是世界上仅有的知道春天即将到来的生命。我想，他说的是盼望。其他生命也能感知气温的变化、光线的偏移——诸如此类。但人类会盼望：带着强烈的情绪预言某件事物的来临。

看完所有侦探剧之后，我开始读一些阿尔托和塞克斯顿的诗，听一个偶然发现的找不到任何介绍的独立音乐人的歌，因为扉页的一句引言，答应翻译一本完全陌生的书。继水仙之后，梅花也开了，坐在像高墙一样的电脑前面，我能感觉到春天从窗户外不断涌进来，带着几乎暴力的无情的生机勃勃。我开始明白生与死是一回事，不是反义词，而是同义词：你对两者都无能为力，无法抵抗也无法逃脱。

塞克斯顿说诗歌才是死亡的对立面。所以我读着她关于死亡的诗，抵御死亡渗进生命的恐惧，是恐惧将两者更紧密地连接在一起。如此说来，恐惧和爱也是同义词，它们同样强烈，同样消弭生与死之间的距离。

我发现自己非常容易轻信，同时也非常固执。但轻信和固执不是同义词，它们只是拥有同一个近义词：无知。我对自己一无所知。

带在行李箱中的唯一一本小说是西蒙·范·布伊的《偶然天才故事集》。西蒙的温柔是永远能让你相信人性拥有值得信任和赞许的部分，美好的部分。这种告知有助于读者维持内心的秩序。

这本书里有很多破碎的人，但他们全心全意去做的是修补他人的遗憾。西蒙在这本书里用七个故事告诉我们，只有通过拯救他人的不幸，我们才能拯救自己。因为只有这样，你才能真切地感受到爱的可能，从而看见希望。我们是否已经准备好了迎接这个春天的到来，带着足够的勇气、足够的清醒、足够的哀恸，以及足够的温柔？

事情总会有转机。比如翻译一本书，无论开头如何艰难，只要坚持到一万字，脚下的路就会变得平坦起来。当然所有的荆棘和阻碍依旧存在，因为作者的风格将贯彻始终，只是你已经习惯了它们的形状和气息，开始觉得艰难也是景色动人的组成部分。

好在是年末，照例要和朋友们见面，搁浅的译者得以喘息。出门时我在袋子里装上几本书，从地铁看到咖啡馆、餐厅。迟到的朋友不停道歉，但有书看，等人远远算不上什么令人难受的事。

这几年最大的改变是我已经不再介意别人迟到了，无论是陌生人还是朋友。尤其是朋友。成年人的聚会，最重要的是能到场，什么时候到无所谓，说了什么也没关系。愿意到场就是交流本身。

不知不觉就从时间多到不知如何打发的孩子变成了分身乏术的大人，那么忙还愿意和你喝咖啡，已是仪式感十足的在意。

其实，我开始把等待当作一种享受。四周飘浮着持续不断的对话声，像温暖却看不清去向的洋流。有时会播你喜欢的乐队的歌，你偷偷在心里跟着哼唱。最开心的是，你气定神闲，却有要等的人：轻松地肩负重要使命，如同时抵达河的两岸。

坐在满是白噪音的餐厅里喝着有精致拉花而不是带潦草奶泡的咖啡看书，这种轻松是无可比拟的，所有的打扰都成了乐趣的一部分。书不再和工作相关，你可以享受不做读书笔记的读者才有的快乐。

在这样的时刻，我心怀忌妒地觉得读者都是在热带岛屿度假的写作者，买了单程票的那种：同样是和文字打交道，却只有快乐没有烦恼，更没有人要求责任感。

性格是灵魂的形状，所有奇迹，包括深奥的道理，最终都将以简单的方式赋形。这应该是我们遵循的最简单的行为准则。我在等待中，学会了珍惜笔下的世界，那是我的另一段人生，不再受我掌控却依旧精彩的旅程。

所以我决定，2020年要写一本内容与形式都轻松愉悦的书。我用在咖啡馆等人的心情写它，你将用同样的心情读完。

春天的桃子餐包

朋友们问我什么时候回去，计划着下一次见面喝什么咖啡，去什么餐厅，如果可以旅行，要去哪里。到后来，期待变得荒凉起来。

"君问归期未有期。"我总是这么回答。诗歌的妙用大概在于能模糊又确切地表达心情：千百年千百种不同的境况里，有差不多的惆怅。

我们都要接受的事实是，我们永远都回不到过去的生活里了。只能在某些相似的心情片刻里，等待过去的光经过重重叠叠的雾与暗，折射到我们眼中，照见我们的惊慌与失去，然后如白色的马，没入黑暗。

我们会带着幸存者的心情把平凡的日子当节日庆祝，还是像不知道明天的赌徒把时间当捡到的筹码挥霍？

在客厅吃早餐的时候抬头，偶然间发现从餐柜的玻璃门上可以看见一线书房外树木的倒影。因为隔着走廊，又有门遮挡，必须是在确定的位置，才能看见那狭窄的一线摇曳发光的绿色。

姹紫嫣红开遍的春天，这抹绿色像道冷静的目光，有不为所动的自顾自静默的淡然。它告诉我，关于以后的生活，前两个选择都错了，我们要找的是第三种可能。

人并不一定要乐观、上进、奋发，但一定要用力气。就算丧，也是很花力气的事。不信的话，想想那些一边丧着，一边写出传世佳作的作家，从竹林七贤开始到太宰治勉强结束。

丧得很愉快。这种说法有些奇怪。但大概的意思是，不论代价，对自己的选择贯彻始终，要专注，要冷静，要果断，要用尽全力。

以后的日子，我想平静而认真地度过，按自己的节奏，用自己的方式。

每天写完稿的深夜，身体已经站在终点线上，思绪却还在飞奔，这个时刻有种记不得自己是谁的茫然，就去厨房揉个面团。第二天把发好的面团随意捏个形状放到烤箱里，却意外做出了很好吃的餐包。这次的甜月亮餐厅，就一起做餐包吧。

桃子餐包

面粉 150 克

冷水 110 克

酵母 约 2 克

盐 少许

橄榄油或玉米油 10 ～ 15 克

这些材料的分量，接近两个桃子的大小。

把所有材料混合搅拌成湿面团——可以固定形状但表面
很黏的湿度。如果觉得水多了，加点面粉，如果觉得面团还
不够柔软，那就加些水。依旧是单身汉料理的风格：不要在
意细节，简单操作。

面团搅拌后密封保存过夜，不需要完全揉发，只要适当
揉一下，让材料混合均匀就好。现在的天气，晚上厨房的室
温是 15 ～ 20 摄氏度，非常适合自然发酵。如果你在的地方
已经很热，可以把面团放进冰箱冷藏。无论放在哪里发酵，
都要封住发酵的容器，用盘子、保鲜膜或湿毛巾盖住都行。

早上起床，在发好的面团表面撒一点面粉后取出，整理成大概的形状，切两块，再撒一点面粉，防止面团粘手，然后将面团揉成你喜欢的形状，放入烤箱。220度，烤箱中层，15分钟。

　　这是就算工作忙碌也能每天早晨吃到的热乎乎又松软的新鲜面包。

第二次到南非旅行，是和去年不同的季节。又去了好望角和西蒙小镇。不同的是，开普敦的淡水危机已经过去。这回和新朋友们一起吃了很甜的冰激凌，看到鲸鱼，搭乘旋转的缆车去到被浓云遮盖的桌山顶端，尖叫着体验了滑翔伞。

又去西蒙小镇看企鹅的那天，想弥补上一次没有在这里吃到龙虾的小遗憾。在南非，捕龙虾需要申请许可，所以并不是所有在海边的餐厅都有龙虾供应。好不容易找到一家，欢天喜地。现在想起来，餐厅的面包并不是新鲜出炉的，黄油球没有保持统一的形状大小，龙虾有点咸。海并没有很蓝。但是那天和你吃饭的人们，那天的风，那天的光线，那天听到的歌，你都那么喜欢。

世界笼罩在粉调的乳黄色中。你觉得心变得像黄油，在固体流淌为液体的微妙瞬间。到后来，你学会珍惜的是这些并不完美的时刻。

酒店也换了，这次在开普敦住的酒店有一个雪白的卫生间。

　　早上五点起床处理工作。六点半的时候，天色开始亮起来。因为房间沿着街道，能听见车声渐起。然后下楼吃早餐，出门游览参观。想不到因为时差，拥有了理想的作息。

　　某天在大堂遇见一位从美国来南非旅游的老太太，她问我怎样删除一个日本旅行社发给她的无数邮件。我还教会了她使用 AirDrop（隔空投送）。她说几年前和朋友们去了中国，朋友的父亲在桂林去世。"没有什么好遗憾的，毕竟他九十多岁了，毕竟是那么好的山山水水。"她挥挥手。

　　因为起得早，总觉得一天的时间非常耐用，各种活动安排得满满当当的，也不觉仓促。加上开普敦的春天温差很大，一天像四季，更觉得时间被拉伸。大概在南半球，时间的计量方式确实和北半球不同。

　　我们离开南非的时候，Pretoria（比勒陀利亚）大街上的蓝花楹正要开始盛开，淡淡的紫色烟雾，只等一场大雨，它们就将凝成连绵的浓云。约翰内斯堡郊外的暮色中，年轻的爸妈带着孩子去餐厅用餐，停好车，一家三口悠闲地走在夕阳中。那光，仿佛要将这个世界融化。我知道我也要回家了。

起落架放下，紧急出口指示灯亮起。轻微的气流中，我们又飞完一程。

我的胃依旧能感觉到，降落前空乘给我的那颗苹果散发出的微微的凉意。

凌晨的樟宜机场，有整个世界正要醒来的感觉。上一次在这片区域停留，还是在写《分开旅行》中新加坡那一章的时候。我坐了很远很远的船回到亚洲，千帆阅尽。这次则是从非洲回返，从一个炎热干燥的初春，到潮湿温和的秋天。疲惫的游客在角落的长椅下枕着背包睡着了。

旅行让你悬浮于日常之上。我感觉到的就是这种气球一样的，轻盈的倦意。断断续续的梦境里，依旧有鲸鱼群经过。

回到住处，把行李留在客厅，洗一个热水澡，在床头准备一大杯水，往CD唱机里放一张勃拉姆斯的唱片，然后拉上窗帘裹紧被子开始昏睡。

曾在书里写："你那么爱流浪是因为回不去一个人身

边。"现在我想说，我已经不悲伤了，但依旧爱着远方，因为我喜欢归来。不管原地有没有一个怀抱在等，重返自己的日常之中，就很幸福。

这不是我第一次离开你，也不是最后一次。但我总会归来，带着回忆，带着异乡清新的空气。

我们都在努力学会爱自己的路上，看过了这个世界，看过它的美与残酷。那些它不能提供的，我们自己创造。就这样，我们不再匮乏，也学会不带判断与要求地接受，像在一步远的距离，欣赏一朵花——它的盛开与凋零。我依旧不想回答任何问题，只知道，花是没有对错的。

这长长的一路，有很多相逢和离别。那碗在饥肠辘辘时喝下的奶油浓汤，那天好望角的鲸鱼，那个你在法国小镇的酒庄里听到的故事……因为情节里太多的破绽，你对人心的柔软重又燃起了信心。

在我们讲述的故事里，我们依旧努力扮演，依旧一遍遍修改着脑海里的过往，所以依旧默默在心底惊叹着，命运在细节上落力精确安排，却又在大曲折时刻如此粗率。

记忆如深海啊，堆满潜艇残骸和鲸鱼骨架。但是在表面，它又这么温柔，就像那天，黄油般的乳黄色沙滩尽头，并不算蓝但平缓的海平面，偶尔有小小浪潮。

所以到后来，内心藏着一片深海的我们留在海边，我们学会了珍惜这些不够完美的海平面上，短暂的风平浪静。人来人往间，短暂的陪伴，专注的聆听，没有原则的谅解，那是我们为自己寻找到的，限时避风港。

愿来日远航，孤帆也有礁石可回望。

赏味无期限

夜晚去便利店买柠檬味道的夹心饼干，正好是附近餐厅的打烊时间，两个年轻人来买盒饭，穿着一样的餐厅制服，连围裙都没有脱。他们拿着加热过的盒饭去便利店靠窗的长桌边坐下来，其中一个拿出手机摆在两人餐盒中间，开始播放视频，是周星驰的《美人鱼》。

大概上一次休息时就已经开始看这部电影，现在直接从男主角去派出所报案说看见了美人鱼看起。两个人并肩坐着，一边笑，一边吃。便利店里都是饭菜的香味，连电台广播里的音乐都因为他们低声的笑而轻快愉悦起来。

我越来越懂得食物的治愈力。有个朋友告诉我，她开始觉得自己已经在上海安定下来，不再有举目无亲的惶恐，是下班回家的深夜，住处楼下的水果摊总还亮着灯，老板会以很优惠的价格卖给她牛油果，还会告诉她成熟时间：这只明天吃，这只后天，这只留到大后天。

想起小时候读过的童话《糖果屋》，兄妹

俩被后妈遗弃在森林里，悄悄扔在地上做记号的面包碎屑被小动物吃掉，他们回不了家。迷路的孩子后来被巫婆骗进了奶油、蛋糕和饼干做成的糖果屋。

巫婆当然有邪恶的打算，但幼年的我倔强地流连在兄妹俩第一次来到糖果屋前那一页：蛋糕做的墙壁抹上厚厚的雪白奶油，上面镶满了彩色的糖果，有巧克力豆也有软糖，屋里面是饼干做的地板和楼梯。饿了，身边的一切都是可口食物。

我想要继续写糖果屋般的故事，专门用来收留城市里迷路又饿着肚子的孩子。我们一起留在此刻的甜美与饱足中，暂时不要去想以后的艰辛。

我站在便利店外给朋友发消息："明天有空吗？我们一起吃饭吧？"

说来惭愧，亦舒的小说断断续续看了二十年，依旧觉得精彩，仿佛自己这些年毫无长进。不过如今看来，书中很多人情世故要此刻才真切实际明白。

比如得体的人从不滔滔不绝谈自己的事，真正的高贵是付出不求回报、不贪功名，女性最靠得住的嫁妆不是容貌而是一张学历、一双能干的手……这些小事虽然看似简单，但要身体力行的话，必须克服虚荣、贪婪、懒惰等人性的原罪，是最难的事。

亦舒笔下的绝色佳人落难之际总有人伸手搭救，但如果恩主对佳人表露真心，谈及感情，她一定讶异之余略有不屑，当下抽身离去。言下之意是尘埃里留不住自己，早晚要飞出去的，对方怎能有如此非分之想。少时也疑惑亦舒这样写，显得佳人眼高于顶，毫无感激之意，性情未免凉薄了一些。现在明白，这正是亦舒智慧高超，用心良苦之处：人情世故，一码归一码，女人自尊自爱的第一步就是不把自身当筹码。将来要报恩，可以大额归还钱财，也可以落力替人办事，有聪明头脑和能干的手，早晚能清清楚楚还了人情，何必要演"以身相许"这种封建社会的戏码。

再者，如果施人恩惠就希望对方把身心都拿来还债，叫"乘人之危"，更有物化女性的嫌疑，根本不值得尊重。

这些年，不仅仅是女主角，对于亦舒笔下的男性，我的看法也有改变。最近到首尔出差，赶早班飞机，出门前暗中摸了本书放包里，到机场一看是《印度墨》。

以前不喜欢裕进这样的男孩子，觉得他不切实际、没有担当。现在有些懂得欣赏了。

裕进的人生理想是种两亩草莓，在树下写诗。甚至不是葡萄，葡萄园听来浪漫，实际太辛劳。朋友曾告诉我，他在澳大利亚读书时去葡萄园打工，如今剪枝机器已经电动化，比我知道的当年法国葡萄园里工人徒手用剪刀要轻松一些，但机器非常锋利危险，一不小心就会伤人。

裕进的暑假是到巴塔哥尼亚看冰川，到欧洲看日全食，无奈回香港却遇到各种各样女孩，他很知道自己要什么样的：相貌平凡，性格矜贵，不通世事都不要，所以他看中刘印子，容貌美到令路人注目，家境贫寒，所以从小懂得看人眼色，懂得隐忍。但那么喜欢，裕进也只随她任性过一次，没有跟她跌宕起伏，转身带着伤心回到舒适温馨的家中。憔悴过后会很快有一段婚姻。

裕进这样的男孩子会娶的一定是门当户对的伴侣，美丽、聪慧，有一双冷却亮的大眼睛，但举手投足大方得体，肩膀纤细却懂得担当。他逃避世俗生活，不代表他不懂得其中琐碎无趣的真相。

他婚后大概会认真投入生活，暂时藏起心里的诗情画意，也可能到四五十岁再做打算。或许浪漫一辈子。没有人催他，大家对他体谅宠爱。

别人摸爬滚打二十年，终于站稳脚跟，他却始终像少年，顺风顺水，唯一的波澜是初恋，但留下人生中最旖旎炽热的一笔，也不算遗憾。

这样的男孩子，现在我会希望他真的在这个世界上存在着，像一首轻松愉快的歌，一棵挺拔苍翠的树。唱在疲惫倦怠时刻，立在滚滚红尘边界。你不是他，但与他擦肩也好。

亦舒还有一本小说叫《天上所有的星》，讲的是一个叫展航的少年，从小面容俊美，因为父亲的意外过世心怀悲恸与恨意多年，游戏人间，后来他发现自己恨错了人，回首人生，像在茫茫无穷的漆黑宇宙里，寻找一颗能照亮自己的明亮的星，却走错了方向，往深渊里去。好在还有家人关怀，他终于懂得回头上岸。

那时候我觉得亦舒偏爱相貌英俊的男女主角，太戏剧化，现在我知道，人类再进化都去不掉注重感官的动物性，所以相貌好的人，遭遇常常与相貌普通的人不同，故事也真的精彩一些，所以他们的情绪往往极端。只是他们的快乐是否也比普通人浓烈几分，我没有发言权。但我已经决定，要顺从本能，从此心安理得地享受俊男美女们演的故事。

我们总是

我们总是如此，在无计可施的时候陷入惆怅。

没有人是故意要迷路的，都是在不知不觉间，在朝着想要抵达的地方前进的中途迷失了方向。

朋友把这种情绪归纳为"年末症"，一种每到年底就会复发的症候。要探究其原因，大概在于人有时无法对自己说谎。虽然人们开始撰写新年祝福，但我们知道结束虽是肯定的，可一切究竟是否能随着年历的更新而重新开始，总还有商榷的余地。

就像过去只有夏天才能吃到，如今却会在新年时节大量上市的草莓。即便是最新鲜的草莓，闻着也有一种人工香精的感觉，因为季节不对，也因为它太甜美。所以，就不像真的。

我们在内心深处，本能地相信真实不可能这么简单、这么甜、这么完美。太完美的事，大抵不是真的。"一切重新开始"这种话，不过是愿望罢了。愿望有时会成为事实，更多时候并不会。

在路口等红灯的时候，身边的年轻男子怀里抱着个一岁多的幼儿。孩子手中抓着只粉红色的佩奇氢气球。气球随风势，不停敲打我的脑袋，砰砰砰砰砰砰砰砰，我觉得这声音很好听，于是没有躲避，而是站着听了 30 秒钟的砰砰砰砰砰砰砰砰。这空洞的声响，很像是来自我的大脑深处，或者它们就是我脑海中的那些想法。在我听来它们那么大声，但身边的人全都听不到，它们只存在于我的脑海里。

我找出十二年前买的 iPod（苹果便携式数码音乐播放器），费些周折买到根信得过的数据线，充上电，在聚会回家的路上听费曼教授的 *Six Easy Pieces*（《费曼讲物理：入门》），其中最爱的是 The Theory of Gravitation（万有引力理论）。我喜欢他用确切的语调说：宇宙中所有的物体。宇宙和所有，真是了不起的诺言。好像幸福也像万有引力一样，虽肉眼不可见，但无处不在。

iPod 里还有一张 Mischa Maisky（米沙·麦斯基）和 Pavel Gililov（帕维尔·吉利洛夫）共同演奏的勃拉姆斯专辑。那是我听过的最甜美的勃拉姆斯，庄严而审慎的甜美。也是唯一甜美的勃拉姆斯。

早就被遗忘的旧照片们依旧在，透过小小的显示屏看起来更有年代感。其中有一张是 2007 年的夏天，在海边。即使只是很小的黑白照片，依旧能看到我笑得很大声。我记得那次旅行，以及路上舷窗外云层里的闪电，整个夜空像在被损坏边缘的，接触不良的白炽灯泡。

但那些年，与这些音乐和照片相关的其他事我已不再记得。那是微博与朋友圈尚未出现的年代，和虚掷的每一天都不免留下些许痕迹的现在完全不同。

现在的人已经很难想象没有智能手机的生活，让我们再也无法与他人或世界保持距离的微信却是 2011 年才出现的。你还记得不是所有人都能找到所有人的那些年月吗？面对在智能手机尚未普及的年代以"原始"的方式保存的音乐和相片，我感觉自己已经活了太久，久到记忆无法承载，于是开始主动舍弃。

我记得曾读过一首关于遗忘的诗，后来，也就是现在，我已经不记得那些句子。那首诗好像是关于名字、诗句、历史人物的。平和是，我们遗忘了遗忘本身。

但这首诗，连同这些年被我忘记的所有事物都依旧存在着，比血肉更与我的自我相关。被遗忘的记忆，或许比依旧清晰的那些，更决定了你是怎样的人。

是这些暗礁一样被时间淹没的过去，一再提醒着我，所谓全新的开始，或许更像枯枝上长出的嫩芽，充满希望，但从不真正自由：我们的将来总是与过往枝节缠绕。所以，要记得今天的选择，那是你明天的起点。

我们是否已经准备好了迎接这个春天的到来，带着足够的勇气、
足够的清醒、足够的哀恸，以及足够的温柔？

我们的将来总是与过往枝节缠绕。所以，要记得今天的选择，那
是你明天的起点。

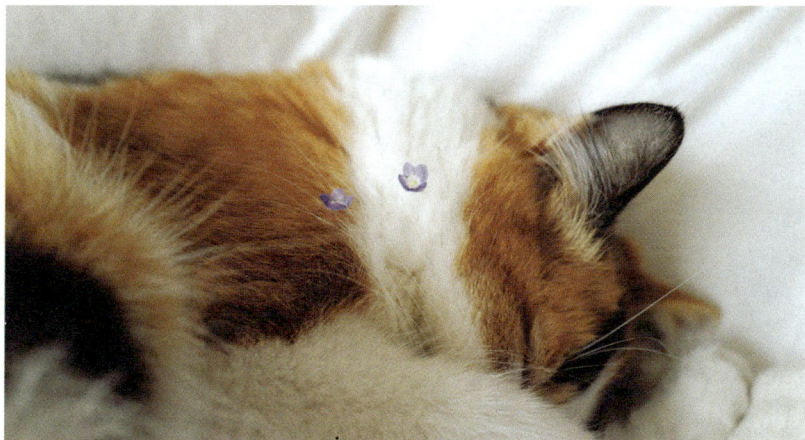

我们都在努力学会爱自己的路上，看过了这个世界，看过它的美与残酷。那些它不能提供的，我们自己创造。

平和是，我们遗忘了遗忘本身。

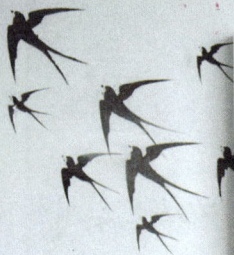

这是就算工作忙碌也能每天早晨吃到的热乎乎又松软的新鲜面包。

姹紫嫣红开遍的春天，这抹绿色像道冷静的目光，有不为所动的
自顾自静默的淡然。

以后的日子，我想平静而认真地度过，按自己的节奏，用自己的
方式。

继水仙之后，梅花也开了，坐在像高墙一样的电脑前面，我能感觉到春天从窗户外不断涌进来，带着几乎暴力的无情的生机勃勃。

人并不一定要乐观、上进、奋发，但一定要用力气。

这不是我第一次离开你，也不是最后一次。但我总会归来，带着
回忆，带着异乡清新的空气。

你那么爱流浪是因为回不去一个人身边。

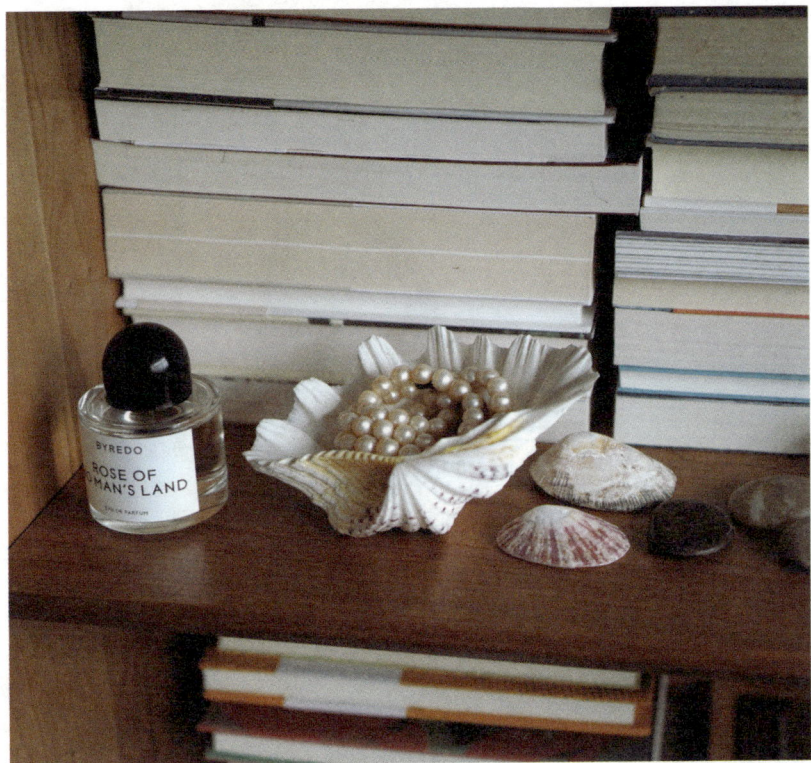

人来人往间，短暂的陪伴，专注的聆听，没有原则的谅解，那是
我们为自己寻找到的，限时避风港。

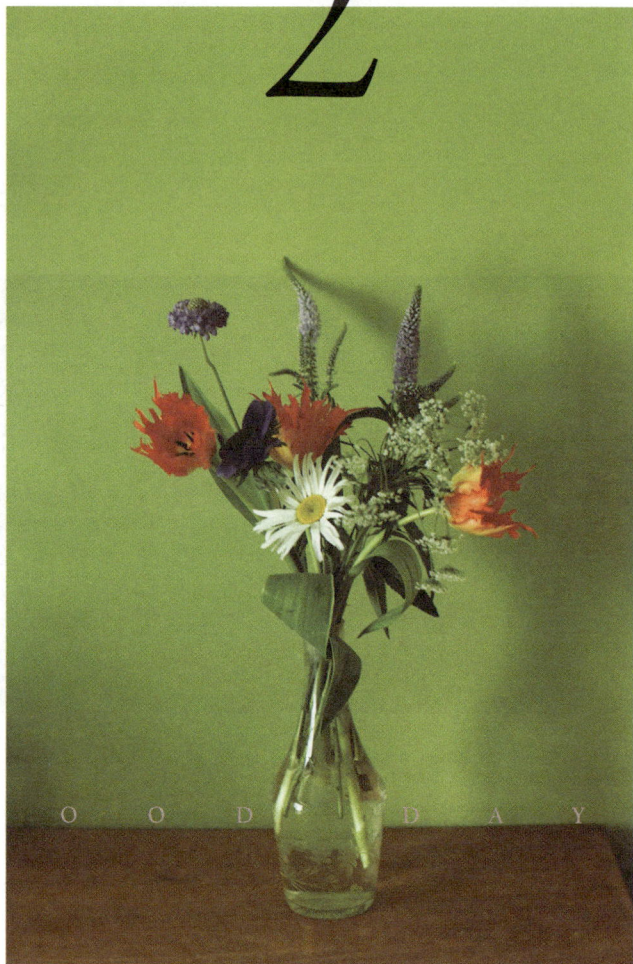

2

GOOD DAYS

远方曾是我生命里闪亮的部分。借着这些光亮，才能在日常生活
里走下去。如今，孤独取代远方，成为我生活中的光亮。

夏

[Summer]

早上到院子里把刚开的月季花剪下来放到书房，花瓣还带着露水。要在阳光变猛烈前完成这件事，太阳曝晒下的花会谢得很快。

不喜欢夏天的原因有很多，但喜欢夏天的原因都很简单。当白天的光线越来越明亮，我开始喜欢简洁明了的事。

新买的肥皂有蜂蜜的甜蜜气息，和洗衣皂柠檬的清香完全不同，但都让人觉得洁净。亚麻衬衫蓬松的褶皱，有树皮的光滑触感。

有时在书房被雨声打断阅读，暮春傍晚的雷阵雨，闪电是粉紫色的。我在字句的边缘，疑惑是不是暑假到了。

这个季节，在厨房洗新鲜的草莓是快乐的事。我特意买小草莓，因为小颗所以价格最低。但在我看来它们是完美的象征，熟透后饱满的暗红色，形状像娇小的心脏。现在也是草莓滋味最浓郁的时候，所以无论视觉还是滋味都令人开心。早上配牛奶麦片，下午茶时蘸了奶油配红茶。

我把读书时候用过的小冰箱清理干净，重新用起来，装满汽水。傍晚接近六点，落日会照在冷冻柜的位置，取冰块的时候，冷冻柜内壁的霜冻在夕阳里如碎钻闪烁，冰块变得金灿灿的，真正的冷酷仙境。

我还要在喜欢夏天的原因里，加上夕阳与冰块的璀璨，还有初夏带给我的，毫无缘由的振奋感。在冰块融化前，带着感激的心情把这张空头支票收下，悉心收藏。

夏天，要来了。

结束了第一场签售，回到家稍做休息。见朋友，做午餐，整理书桌。然后就要开始下一场签售。

在签售时看见大家的笑容，会很开心写了《甜月亮》这个不断失去不断盼望的故事。这世界是一个个路口，走过很多无人的风景和繁华的荒凉之后，我们终于来到这一个相遇的路口。长路遥遥，走到此刻，大家一定也有些饿了。所以这里有暖暖的月亮，深夜的关东煮，放了很多很多草莓的拿破仑蛋糕，五种口味的三明治……

给窗外的无花果树修剪树枝时，我把剪下的冗枝拿回来。树叶会散发淡淡的无花果味道，空气里都是果实浅绿色的香气。这气息和熟透的无花果一样甜一样软。获得新的知识总是让我开心，这世界依旧是个谜题。

朋友说晾干的无花果叶可以用来炖排骨汤，我就把树枝放到通风的地方。下一次签售会回来，就可以喝到美味的无花果味道的汤。

一个人在家的时候，会给自己做咖啡。在咖啡的香气里熨衬衫是我最喜欢的消遣，也是让我觉得放松的时刻。因为常年写稿而有了沉稳的手势，这技能在冲咖啡上也很实用。我的手冲技术还因为得到专家的指点而突飞猛进，算是这个夏天的收获之一。

最近偏爱的是很有夏天风味的 Paradeisi Blend（帕拉迪西综合咖啡豆），有明亮多汁的柠檬和菠萝般的口感，还有些许巧克力般的风味。它由巴布亚新几内亚阿罗纳山谷、卢旺达穆洪多和哥伦比亚庭比奥咖啡豆拼配而成。Paradeisi，就是天堂的意思。

虽然七月和八月都会在繁忙的工作里度过，但在一杯名为天堂的咖啡里却一样可以喝到远方热带假期的气息。生活就依旧算美好，假期也并没有那么遥不可及。

陷入浓郁的想念

很饿的时候，除了方便面，最容易闪现在我脑海的食物就是比萨。哪种方便面都行，因为方便面本身就是"妥协"的意思，但不是什么比萨都可以。必须要面饼薄脆、酱料浓郁、烤制火候得宜：简单来说就是那不勒斯的那种比萨。

最近工作很吃力，常常觉得饿，所以分外想念那不勒斯那些比萨店里刚出炉的比萨，现做的番茄酱抹得厚厚的，与奶酪融为一体，里面陷着乖巧的蘑菇和鲜美的火腿肉。光是回想，口水就有点止不住。

有一年夏天在意大利南岸旅行，其中在风景像明信片与电影海报的卡普里岛住得最久。后来岛上各个景点都去过，连肉铺里的店员什么时候会扛着当天刚宰杀的猪过马路都知道了。一天中午闲来无事，决定搭渡轮去对岸的那不勒斯吃比萨。

下船踏上码头的刹那就有点蒙，这城市好

大好空旷。老旧但堂皇的建筑上都是涂鸦，马路上摩托车呼啸，空气中有一种颓唐的生机勃勃，且非常晒。灰尘都晒得白花花的，海风一吹，牢牢粘住被地中海的阳光晒黑的皮肤，在饿着肚子的游客眼里就像上好的胡椒粉。

叫了辆出租车，按酒店管家给的地址兜进小巷。经过一些水果摊、杂货铺、甜品店，又从无数挂满衣物的晾衣绳下穿过，终于闻到一阵香味，是面饼在炭火上烤过之后独有的略带焦味的香，混着芝士的浓郁、番茄的清甜，再夹杂一点罗勒叶的馥郁。口水即刻就流下来，也就顾不上汗涔涔的狼狈，奔进店里拿过菜单就凭感觉点单。

这里的比萨店就真的只提供比萨。饮料则是啤酒与可乐。

中国人做饭讲究"锅气"，热灶头上的烟火气是成就美味必不可少的一部分。显然意大利人也是这么认为的。那不勒斯的比萨店，进门就是烤炉，里面炭火烧得旺旺的，挺着大肚腩的老板手中举着长柄的橄榄木烤架守在炉边，客人下单后厨房飞快做好面饼，往烤架顶端一扔，老板飞速转身把面饼叉到炉内的铁盘上。整个动作行云流水。

身为多年游客，很知道在欧洲吃饭要学会一个"等"字，人生难得再次细细体会忍耐的奥义，但那不勒斯的比萨店是例外，下单后看着自己的比萨从厨房飞进烤炉，不久，香喷喷的比萨就带着鼓胀焦脆的边缘被装在滚烫的厚瓷盘中飞到餐桌上。

我点的两个比萨一个是基本款的芝士火腿蘑菇，另一个居然是奶酪番茄酱沙丁鱼。

左右探望一下，店里有游客，也有不少本地人，都是一人面前一个比萨，我点两个也不算夸张，于是坦然地啃起一整个比萨来。开动之后我懂得了什么是"风卷残云"的吃饭方式，要非常克制才能剩下一小块比萨拍照留念。

这是我吃过的最美味的比萨，新鲜、浓郁，仿佛有鲜活奔放的灵魂，即所谓活色生香。配料一目了然地简单，但因为原料足够新鲜、配方足够老练，烤制的火候与时间掌握得足够精确，所以成就了一气呵成的完美口感。

为了这样的美味，也值得再去一次那不勒斯，顺道再远远看一眼活的维苏威火山。

希望梦想成真。

前几天黄梅雨季，信纸受潮，蓝色墨水写的字模糊成一摊混沌的湖水。小暑后，炽热阳光把很多复杂的心绪都烤化了，像温度迅速融化手里的冰激凌。不了了之也蛮好的，除了数学题之外，所有过分完美确切的东西都有点可疑。

生活依旧无解，悲伤常常如夜色般无法描述，快乐却如树叶的脉络般清晰可见。

小白鞋是穿旧了的那双最好看。它陪我去过首尔和开普敦，轻便、舒适又安静，是最适合暑假的鞋子，因为有学生时代无忧无虑的轻快回忆。

香水是木调的，最适合夏天。遥远的雪松林深处，高远清幽的树木的呼吸里，散落着零陵香豆、香草、橙花微弱却温柔的气息。像夏夜萤火虫的微光在雷雨后草木潮湿的气息中闪烁。

还要有干净的毛巾，冰镇过的西瓜，干燥

的白衬衫，以及热带的岛屿……

整个夏天都在工作，想起遥远热带岛屿上遇到过的那些可爱的小姑娘，她们挥着手臂对我喊：来一起玩啊！我大声喊着回答：下次吧！

Next time. Maybe next time.（下次吧。也许下次。）

为《甜月亮》举办读者见面会的时候，又有读者问一个人看风景的时候感觉孤独了怎么办。写作者看见孤独的浪潮袭来，总是摩拳擦掌、跃跃欲试，很想知道这次的孤独会带来怎样的灵感。像海上刚撒了网的渔夫，等待收网那一刻。

而人际交流，从来不是必须的事。我总是想尽办法避免社交活动，隔着门说："快递请放在门口脚垫上吧，谢谢。"假装检查邮箱，等认识的邻居搭乘的那趟电梯关上门离去，再重新等下一班电梯，或者干脆爬楼梯回家。

文字就是因此存在的吧，可以看见另一个人的内心，却不用和他共处一室，避免了面面相觑的尴尬。

重要的是，和自己保持沟通。

远方曾是我生命里闪亮的部分。借着这些光亮，才能在日常生活里走下去。如今，孤独取代远方，成为我生活中的光亮。

散文集即将印刷完成，我开始准备下一本书。看着过去积累下的素材，有的琐碎，有的美丽，仿佛看见河对岸的泥泞里有个陌生人正弯腰专心地捡鹅卵石，她埋头心无旁骛地按形状与颜色筛选着卵石。那个陌生人就是我自己。我们的对话总是滞后，但时间不算什么，就像河流湍急，我总能找到想要的那颗卵石。

除了这些卵石，这一路上还有那些路过的风景，陌生人讲给我听的故事，告诉我这个世界是很大的，有各种标准，各种尺度，丈量过后发现我们各自的心事和烦恼并没有那么重要。意识到自己的渺小，是旅行中最让我印象深刻的事。只是我们感觉到的悲伤与无助却依旧那么大，像伍尔夫外套口袋里的石子，拖着她下坠。

曾一个人到马耳他旅行，那时候 Gozo（戈佐）岛上最著名的景点蓝窗还未倒塌。阳光炽烈，是明晃晃的白色，烤得金黄色岩石仿佛要化为粉末，芦荟丛枯萎变黑，软绵绵倒下。地中海很蓝，惊涛拍岸。还有很多金色的窄巷，藏着庄严的圣像和年久失修的教堂。为了躲避阳光，我时常迷路。记得等飞机回伦敦的时候，在休息室找个人少的角落赶稿，写的是：我想成为箱形水母，短短几年的寿命用来随洋流漂荡，对贸然闯入自己领域的其他生物格杀勿论。

在那样明亮的阳光下，心底那样地悲观，也是真的。

因为这悲伤是我们自己的，从自己的心里生长出来。我们听过的那么多故事，不及胸口的一声叹息。宇宙中闪烁的亿万颗星，也抵不过面前的一粒萤火。

又一个夏天

盛夏的骄阳令人望而却步，感觉自己是伊卡洛斯那对蜡做的翅膀。

可比起寒冷，炎热要好对付得多。冬天在寒冷的室外等人，想象之中身着长大衣在清冷寂寥的街头静候的画面很是唯美寂静，但现实中我常常会即刻暴走：为保持体温情不自禁地不停走动，看起来就是十分焦躁的样子。

炎热则让我安静，让我成为一个耐心的人。为防止出汗，所有多余的动作都避免，包括说话。好像只要等一等，大汗就自然会停。偶尔有风来，尽管这缕微风裹挟着室外细小金色颗粒般无孔不入的热度，依旧可以让人为那一丝撩人的凉爽而愉悦地叹息。朋友之中，八月可以不开空调和电扇的人，除了自己，我还没有遇到过第二个。大概我原本心就比别人冷一些，所以在炎热气候中更能感受那由内及表的散淡。

收集了很多水晶，夏天时候它们就派上用场了。无论室内温度如何，它们的触感都是冰凉的。朋友的孩子来玩，把一大碗水晶块悉数撒到了阳台上那几个花盆里，不知道这样能不能帮助盆里的绿植吸收更多灵气。暮色之中，那些水晶闪着柔亮的灰白色光芒，我的意志已经接收到了它们吐出的清凉。

整个夏天我都喜欢用玻璃杯，因为瓷杯让人觉得闷热。这些玻璃杯是我在不同的城市里购买的，风格各异，唯一的共同点是它们全都由手工制作，并且都留着制作者强烈的个人风格，仿佛是体温一样的存在。

那套描着蕨类植物的玻璃茶杯很适合黄梅季节用，浅琥珀色的玻璃杯碟上描画着蕨类蜷曲的幼叶，翠绿鲜嫩，茸毛与孢子的细节活灵活现，仿佛能看见它们在潮湿的空气里慢慢伸展。这玻璃杯我在新宿的伊势丹百货买了两套，因为很多朋友喜欢，想再买些送人，再去却发现整个柜台都不见了。是不是因为夏天，高温之下什么都无法长久保存？冰激凌化得快，瓜果容易腐烂，缘分也稍纵即逝。

炎热的夏天，确实不适合厚重的东西，比如看厚的书，因为沉甸甸的重量举在手里，免不了要出汗。最好是那种小开本，纸质轻柔蓬松的，出门时放在包里，和折扇、手帕、太阳镜等零碎小物相安无事。

想起森茉莉曾说她不喜欢看大部头的文学书，能想到的消遣是交稿之后去温泉旅馆吃着饼干看周刊杂志和漫画。我觉得温泉旅馆也是适合夏天的消遣——西瓜、浴衣和烟花。

离婚时，森茉莉从研究法国文学的前夫山田珠树的海量藏书中拿走了稀有珍本《死城布鲁日》与《高老头》。后来生活窘困，稿费难以维持生计，她卖掉了《高老头》。那笔钱想必是拿来换了苦味巧克力、英国饼干与红茶，还有好闻的香皂和颜色悦目的毛巾，不知道够不够她去温泉旅馆过周末。

某个夏天我曾去纪伊半岛旅行，那片面向太平洋的岩石嶙峋的海岸，是日本最著名的温泉乡。因为太热了，我每天都在酒店的自助餐厅里，喝着冰冻乌龙茶看海。自助餐提供什么食物我已经不记得，只记得有非常好吃的水煮毛豆。房间是和式的，但不知为何，餐厅的装修是夏威夷风格，晚餐后就有很多穿夏威夷衬衫的老先生老太太，在柔波一样的尤克里里的旋律中缓步共舞。我看着那些身材瘦削、满头银发的老太太，心想如果森茉莉也在，不知道她会不会来跳舞。印象中她不是那么合群的人，但也说不定，因为餐厅的免费饮料很好，景色也不错。

夏天也不适合写长篇，但可以写轻松的散文和小故事。写作的乐趣在于，任何虚构的故事里都容纳着人的真实情绪。那些长久积累的生活的切片，层层叠叠，经由写作者赋予的视角之光投照，在每个阅读者的眼中折射出独属于他的光芒。写作的另一个乐趣在于，会有若干稿费，金额并没有多到可以干些大事的地步，所以可以任性地支配。

无论是卖藏书还是出售自己的文字，拿赚到的钱买美味的食物和美丽的东西，都是十分令人愉悦的事。这种轻松的心情，也只在因为炎热而必须抛弃所有束缚的夏天才有。

一点新

去年深秋在首尔，到酒店住下后发现洗漱包忘带。还好酒店附近设施齐全，过马路就有选择丰富的美妆店。那是一个时髦的街区，阳光灿烂的午后，风里飘着细小的灰尘。打扮入时的行人脚步匆匆，发梢镶着若有若无的金边，一路上，我经过花店、药房、便利店、咖啡馆、卖简餐附外卖的小小快餐店。提着棕色纸袋回酒店的路上，初来乍到的陌生感和似曾相识的熟悉感混杂在一起，带来微妙的眩晕。现代都市相似的便利让人坦然自若，但我又的确是个异乡人。

随即我记起，这是以前搬家后第一次去新住处附近添置日用品时的心情。我又向着另一段借来的人生走去，假装不记得微小确定之外，依旧有很多令人胆怯的无定。你记得回家的路，却不知道脚下的路何时会拐弯。

安定太久的我，突然好奇，如果要重新开始，在另一个城市，或者另一个国家，如果要再次像植物那样被连根拔起，又该如何应对呢？

好像已经忘记了，全新的生活是怎样开始的。生活又是怎样开始的呢？

如果重新开始。

要有一本翁达杰的书，关于被理解的孤独的小说。

要有一本加缪的书，关于荒诞。

要有一本森茉莉的书，关于所有颜色和味道。

要有一本诗集，或许是金斯堡的，或许是兰波的。

又或许是安妮·塞克斯顿的。

要有一支钢笔，一瓶暗绿色的墨水。

要有一台冰箱，所有电器如果只能拥有一样，就会是冰箱，六七年前写在《练习一个人》这本书里的想法，至今未改。小小的，够放少许饮料和零食就好。

要有一只白色搪瓷杯，喝茶喝咖啡喝水，煮奶茶。

要有一只白色的盘子。

要有一根白色香薰蜡烛，在雨天的时候点亮。

要有一件白衬衫，一条深蓝色牛仔裤。

一件黑色卫衣，一件米色大衣。

一双走路跑步都可以穿的鞋子。

要有一张古尔德弹的《哥德堡变奏曲》，要 1981 年录制的那个节奏随性缓慢的版本。多年前陪伴我度过留学时光的是 1955 年的版本，年轻岁月的流浪，脚步轻巧，如利落琴音。后来我们都老了，但是岁月就像亚麻衬衫，如果料理得当，旧了会有独特的韧度和柔软的美丽。

还要一张陈升的专辑，上班那几年，回家前会在车库里熄了引擎和车灯，坐在车内就着剩余的暖气听完那首《狗脸的岁月》再回家。没有另一个人，能唱得像他那样怅惘但看透，让我相信人注定要远走，注定要分离，注定要回想。但总有一个青春的景象在心里，无论岁月是否憔悴。

要添置几个花盆，种上罗勒与蔷薇。

看着这张单子，发现习惯了结束的人，依旧未必擅长重新开始。这么说，结束和开始，真的是硬币的两面，从来不可分割，却又截然不同。

制陶师傅地布塔德（Dibutades）的女儿，爱上了一个年轻人，用尖刀在墙上描出他的侧影轮廓。这画被她父亲见到了，他因而发明了希腊陶瓶上的装饰风格。爱情是一切事物的开端。

——阿尔贝·加缪 《加缪手记》

重要的是，和自己保持沟通。

当白天的光线越来越明亮，我开始喜欢简洁明了的事。

又是愉快的一天

悲伤常常如夜色般无法描述，
快乐却如树叶的脉络般清晰可见。

又是愉快的一天

人注定要远走，注定要分离，注定要回想。但总有一个
青春的景象在心里，无论岁月是否憔悴。

新买的肥皂有蜂蜜的甜蜜气息，和洗衣皂柠檬的清香完全
不同，但都让人觉得洁净。亚麻衬衫蓬松的褶皱，有树皮
的光滑触感。

小白鞋是穿旧了的那双最好看。

香水是木调的，最适合夏天。

还要有干净的毛巾，冰镇过的西瓜，干燥的白衬衫，以及热带的岛屿……

我们的对话总是滞后，但时间不算什么，就像河流湍急，
我总能找到想要的那颗卵石。

这是我吃过的最美味的比萨，新鲜、浓郁，仿佛有鲜活
奔放的灵魂，即所谓活色生香。

最好是那种小开本，纸质轻柔蓬松的，出门时放在包里，
和折扇、手帕、太阳镜等零碎小物相安无事。

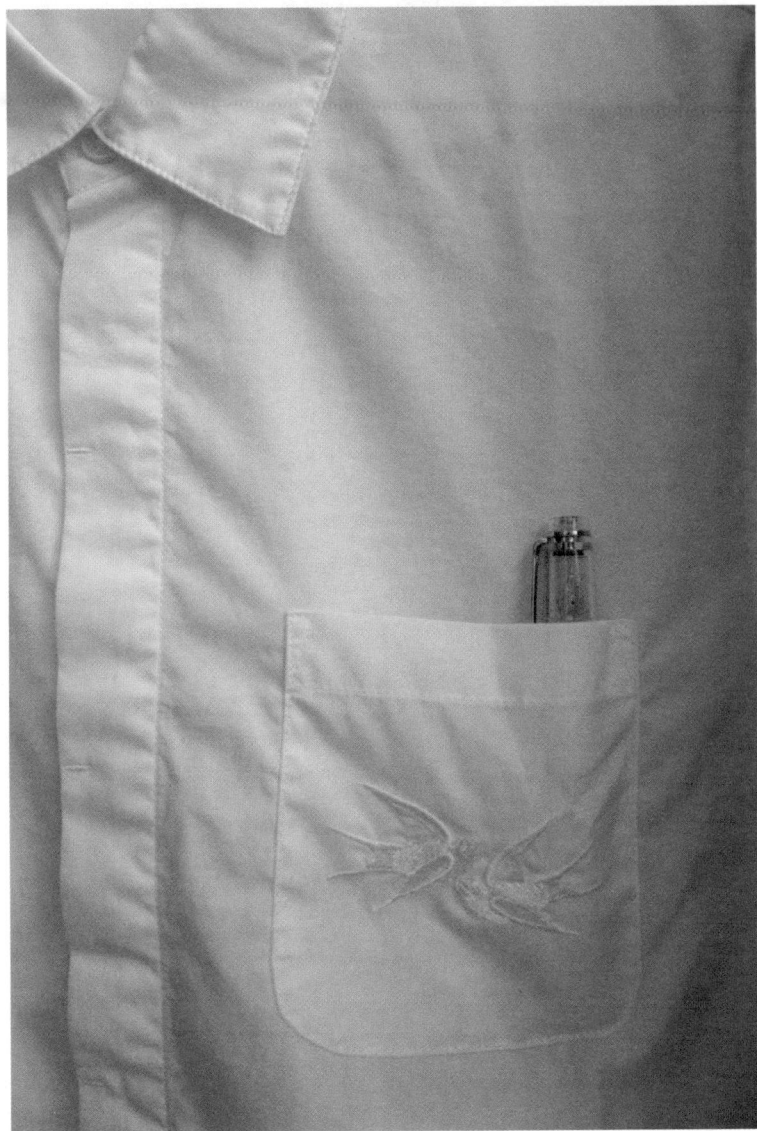

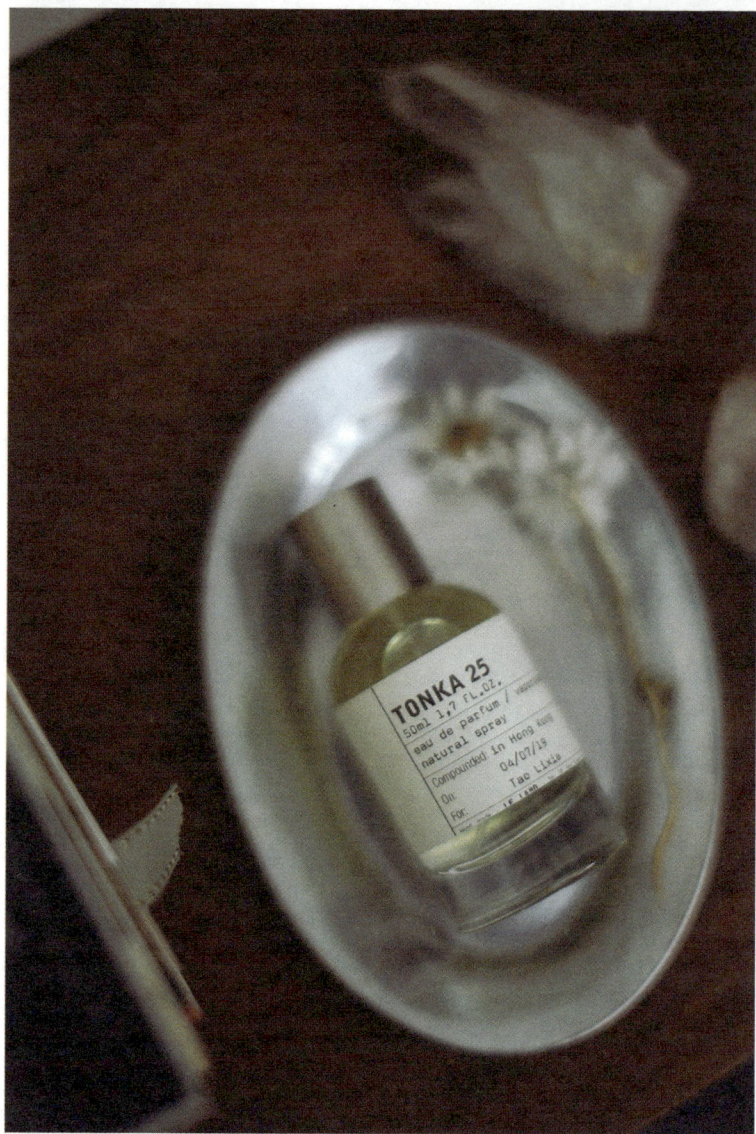

To the Sea

To step over the low wall that divides
Road from concrete walk above the shore
Brings sharply back something known long before –
The miniature gaiety of seasides.
Everything crowds under the low horizon:
Steep beach, blue water, towels, red bathing caps,
The small hushed waves' repeated fresh collapse
Up the warm yellow sand, and further off
A white steamer stuck in the afternoon –

Still going on, all of it, still going on!
To lie, eat, sleep in hearing of the surf
(Ears to transistors, that sound tame enough
Under the sky), or gently up and down
Lead the uncertain children, frilled in white
And grasping at enormous air, or wheel
The rigid old along for them to feel
A final summer, plainly still occurs
As half an annual pleasure, half a rite,

As when, happy at being on my own,
I searched the sand for Famous Cricketers
Or, farther back, my parents, listeners
To the same seaside quack, first became
Strange to it now, I watch the cloudl
The same clear water over smoothe
The distant bathers' weak protesti
wn at its edge, and then the ch
chocolate-papers, tea-leaves

[3]

文字就是因此存在的吧，可以看见另一个人的内心，
却不用和他共处一室，避免了面面相觑的尴尬。

3

辛劳奔波后面始终不变的坚持：要成为自己，
要找到平静。

秋

[Autumn]

剩下的果实

五秒钟；发生了什么呢，

在这广阔的世间？

一种没有写出便被抹掉了的爱

和一只空空的水罐。

——塞弗里斯《你慢慢说》

　　野草焚烧的烟味混杂着栀子花的香。大雨前河水屏息等待。月季开了一周，枯萎前最后的甜美。冰镇汽水的泡沫熄灭。樱桃腐烂。荔枝壳风干了。麦秆折断时短暂吐息。奶油和柠檬汁混合凝固。午后 2:53 的阳光。翻开二十年前的书，故事生了蠹虫。猫咪打滚之后掉落在地毯上的绒毛，在梦里变成了雪山一样巨大的雪白的一团。

　　我和这些碎屑一起，被留在盛夏里。

　　想要买一个柠檬泡茶，但水果店只有批发的柠檬卖，所以很勉强地用非常低廉的价格买了一大纸盒。看着本来就很小的旧冰箱里因为塞满柠檬而显得拥挤又明亮，想起梶井基次郎写的《柠檬》。他说，原来幸福就是柠檬的形状啊。

我记得的另一篇以水果命名的短篇小说是契诃夫的《醋栗》。柠檬与醋栗，它们被唇齿间某种假想的酸联系在一起。

契诃夫的《醋栗》是个和醋栗这种水果一样细小但酸涩坚硬的故事，与书中那个微不足道的自私吝啬的灵魂形成对比的，是美好乡村图景：你可以坐在阳台上喝茶，水塘里有自家的小鸭子在戏水，鸟语花香，而且……而且醋栗成熟了。

在这个短篇里，契诃夫道出了很多人对乡村生活的向往：你们也知道，谁哪怕一生中只钓到过一条鲈鱼，或者在秋天只见过一次鸫鸟南飞，看它们在晴朗凉爽的日子怎样成群飞过村子，那他已经不算是城里人，他至死都会向往这种自由的生活。

我不知道自己还向不向往自由。让我感到难过的，不是我们将来无法获得的那些，而是我们过去从未得到的那些。

现在，书房外面的楝树上住着一只乌鸫鸟，整个春天我都坐在窗前，看它悠闲地跳跃于紫色的花束间，愉快地唱歌。以至夏天来时，它飞去别处玩耍，留下我在电脑前拼命追赶拖延到几乎无法挽救的进度。

至于钓鱼，我没有钓到过鳟鱼，只在一年六月，穿着厚厚的连体防寒服在大西洋北端的海域钓鳕鱼。因为水温很低，深海的鳕鱼群会来到浅水区寻找食物。现在想来，这经历对穿夏装前往峡湾度假的都市人以及对鱼来说，甚至对船侧逆风等待人抛掷鱼内脏的海鸥来说，都太辛苦了。不记得当时是因为风浪还是因为寒冷，麻木的手几乎拿不住装热可可的杯子。

上岸后船员从烤箱里拿出锡纸包裹的热腾腾的流着金色鲜美汁水的奶黄色鳕鱼肉，因为太饿太冷，来不及将它们与风里细若游丝的血腥味和曾经在脚边的水盆里积攒起来的暗红色黏稠血液联系起来，就已经匆匆道谢后接过，速速全部吃完。

这半年在乡间的生活让我明白一件事，那就是田园诗并不存在，或者说真正的田园诗并不存在。因为它们都不是由与土地最亲近的人写的，而是那些在土地上不劳而获的人——比如我这样的人——写的。土地和经年累月不间断的耕作联系在一起，是辛勤和劳累的同义词，除草、除虫、翻土、施肥、浇水、保温，在地里你总是有事可做。种地的人不写诗，他们没有时间。

偶尔我也去地里帮忙。烈日曝晒之下，我最喜欢浇水这个和清凉有些许联系的工作，最最喜欢的是把那些因为大意而被水桶捕捉到的小鱼苗舀出来送回到河里。尽管按照能量循环的道理来说，这个世界上没有什么生命会真正死去，比如不幸随河水浇到地里的鱼苗死后会成为肥料，通过蔬菜瓜果成为人的盘中餐，最终为人类建设美好世界提供能量。

但我更喜欢另一种欣赏美好的方式，那就是现在就看着它们在河里没头没脑地游着，一串串的涟漪，不用兜漫长的圈子，简单直接。

因为，时间越来越少了。

很多信的开头都这样写：我在这里一切都好，勿念。这话未必是真的，远在异乡总有各种愁绪和待解决的生活琐事，这样说不过是希望收信的人能安心。

也有些通信不为报平安而写，尤其是文人间的书信往来，文字似乎从来和发表有关，所以有意无意做着准备，所以措辞严谨，引经据典，适时加入一些八卦秘闻。

《张爱玲庄信正通信集》中张爱玲写给庄信正的那些信却不属于这一类。

在信中，张爱玲向信任的友人抱怨租住的公寓总闹虫灾，被迫屡次搬家，因为失眠症昼夜颠倒地写作，她摔坏了腿，扭了脚踝，更换牙医，书商盗印她的书，深夜电视台播好看的脱口秀……她也评价相识的学者新近发表的文章，常列书单要庄信正代为购买，密切关注《红楼梦》的研究，她在信的末尾总提及庄的家人，为他们挑选新年卡片。她在信中特意提到要还买蜡烛的钱。我想起，那一天在伦敦苦寒天气里写稿的普拉斯也想着要备足蜡烛。

张爱玲最令我触动的一句话是：不过就是我看似不近人情的地方希望能谅解。

它们不是写给陌生人看的，这些私人信件的公开，让人在更了解张爱玲的性格与生活的同时，也要担负起令世人误解张爱玲晚年生活的责任。但说到底，这些信也是无辜的，它们无法决定会被如何解读。

在这些信里，可以看出张爱玲的杂志约稿不断，著作持续再版，她也提及宋淇帮她高价出售了《倾城之恋》的电影版权。想来去世之后银行存款也算得上丰厚。但张爱玲对物质的不在意，她简陋的生活条件，她的离群索居远离聚光灯，与世人心目中关于成功女作家的想象相去甚远，她的种种不求理解的"不近人情"，让热切遵循世俗标准的人们只能往"晚景凄凉"这样引人唏嘘侧目的方向推断。其实写作只要有充足的光线，一支流畅的笔，一沓稿纸已经足够。

这大概就是为什么陀思妥耶夫斯基会在给哥哥的信中

写道：我不会写信。人们在信中是什么也表达不了的。

书信集次要的意义，是提供因不重要而无法见诸报端的信息，让读者享受到"考据"的乐趣。比如在这本通信集里，我知道了张爱玲遗嘱执行人林式同的来路和终局。

在美国生活的那四十年，张爱玲离群索居，保持通信往来的友人也屈指可数，其中写过《有缘得识张爱玲》的林式同就是其中一个，张爱玲与文学评论家庄信正书信往来多年，张爱玲搬去洛杉矶之后，住在纽约的庄信正就时常嘱托同在洛杉矶的林式同跑腿照看张爱玲。

在完成张爱玲的遗嘱执行后不久，林式同就去世了，这几年追索张爱玲往事的人和书那么多，大家都对林式同这个遗嘱执行人没有特别留意。却没想到，他的一生也是可以写成书的。林式同也确实留下一本名为《你是谁》的回忆录手稿，只是并没有发表。

林式同毕业于台湾师范学院艺术系，父亲李彬是台湾大学法律系教授。1960 年，林式同搭乘学生包机前往美国，同在一架航班上的还有庄信正。后来林式同在美国明尼苏达州立大学建筑系进修五年，成了建筑师。

庄信正形容林式同，说他有侠义之风，为人慷慨周到，张爱玲会将遗嘱执行这样琐碎辛劳但重要的身后事托付给他，就是明证。

　　林式同的妻子冈村喜美子晚年得了阿尔茨海默病，失去全部记忆，连同关于林式同的那部分美好回忆。冈村喜美子曾是日本国会议员的特别助理，前往华盛顿进修两年，归国途中却在明尼苏达州偶遇林式同，两人一见钟情，很快结婚，从此定居美国。

　　林式同因为全力照顾失忆的妻子，时常疏忽自己的健康，为省事，就在住处附近的麦当劳解决三餐。庄信正在电话里嘱咐林式同不要总吃垃圾食品，他说吃的主要是煎饼，不要紧。最终林式同染上肝病，又因为照顾妻子拖延了治疗，等发现时为时已晚。最终林式同走在了妻子前面，冈村其实还要年长他十岁。

　　林式同没有子女，在留给妹妹的遗嘱中要求等妻子百年之后，将两人的骨灰一同撒在洛杉矶的海里，他曾按张爱玲遗嘱，以同样的方式处理过张爱玲的骨灰。

　　从书信集中了解这些之后，再看林式同这本回忆录的名字——《你是谁》，固然可以理解为是他罹患阿尔茨海默病的妻子时常问他的话，但这每每令他心痛的三个字，大概更是他后半生最大的疑惑，所以他在回忆录的末尾这样总结自己：这是个不能留学而留学，不愿移民而移民，抗日而和日本人结婚，自认是中国人而不是中国人，要爱国而没有国可爱的人，挣扎着度过了一生的故事。

"远书珍重何曾达，旧事凄凉不可听。"以互联网和智能手机为交流工具的如今的我们，已经很难在这些薄薄的"古早"书信中，真正体会写下这些信的人们曾经历过的遥远漂泊。

纸笔书信往来的时代也已接近尾声，电子邮件泄露这种只能得到公众三天关注的新闻，主角早换成了影视明星或大企业家，作家们恐怕没有席位。全球化趋势下的"世界公民"们大概也不再会有这一笔一画写下的乡愁了。这应该算是件好事，毕竟四肢发达头脑简单情绪稳定，才是新时代的健康标准。隔着屏幕了解这个世界的我们，只需要理解"苦痛"这个词本身，而不必切身体会与它相关的那些。

我们在这里，一切都好。

水泥森林里的迷路

大雨之后天晴，花坛边有只大蜗牛死了。它大概也是趁雨天出来散步，但后来走得太慢，没能在地砖足够湿润的时候回到树篱中去。

夏天出门散步，我经常做的事情就是把炎热干燥的路面上那些奄奄一息的蚯蚓扔回潮湿阴凉的花坛草丛里去。喂，不要迷路啊。我在心里喊。但蚯蚓既没有眼睛，也没有耳朵，我们也总是会迷路。那次在桌山一脉的信号山看海，向导指着远处的大西洋说：夏天时这片海域有鲸群经过，有时会有鲸鱼迷路游进城市边缘的海湾来，常常需要出动海上警力将它拖回安全的海域去。

想起每次看见鲸鱼搁浅的新闻，总是很难过。因为它们提醒我，这世界上原来依旧有这么多不能回头的迷失，而且常常找不到缘由。

在走过很多异国他乡的旷野荒原之后，我开始留恋安定的城市生活，那些有确切路牌的街道，有明确地址的楼房。回到上海那夜，出租车在夜色中驶过空荡荡的高架桥，楼宇上有圆盘似的满月。我不禁想这月亮照亮了这座城市里多少故事。

许久不见的朋友约了一起唱歌，按发到手机上的地点找过去，居然是南京东路的一幢旧楼。才想起复兴公园当年香车宝马去唱K的时光早已"作古"。坐在垂满金色水晶吊灯、贴满暗红色丝绒壁纸的KTV包间，听朋友在一首首歌的间隙讲她耗费十年的恋情是如何跌宕起伏最终以悲剧收场的。这十年，在她来说，好像就是十几首悲伤的情歌和一排排装在试管里的鸡尾酒。

深夜结账离开时路过别人的包厢，很多声嘶力竭的吼叫，唱的都是苦情歌。我愕然地发现，原来比起荒野，我们生活的城市或许更广大、更荒凉，有许许多多迷失的心。

在停车场，我告诉朋友最近正在写一个爱情故事。刚被KTV的超重低音环绕立体声轰炸过，朋友的听力还没恢复，我不得不又重复了一遍这句话。"现在的人，衣食为先，拼命要出头，没有人谈感情了。"朋友听清之后，这样告诉我。

但找到爱，不算一种成功吗？经营一段感情不比经营一场生意更愉悦身心？我们总说饮食男女，那饥肠辘辘地等一道美味佳肴上桌和等一个想念许久的人，哪一个更难？在烹饪方法的精确和生活的无可预计之间，我们更想朝天平的哪个方向走去？

　　带着这些突然闯入脑海的问题，我继续写着这个爱情故事。总觉得，在我们生活的这片钢筋水泥的森林里，关于爱情的向往只是暂时迷失了而已。我们常常忘记爱情对于我们的影响，只是因为我们经过的霓虹灯太耀眼，让人忘记更高远的地方还有月光。

　　"你的爱情故事写得怎样了？"过一阵，朋友问。

　　"越写越甜了。"我说，"好像有点不太真实。"

　　"你就当是魔幻现实主义好了，都说爱情就像古老传说嘛。"朋友说。编辑也鼓励我说，成年人的世界渐渐带着无奈的苦味，就让这个甜甜的故事替代糖果，带给大家无负担的慰藉。

　　好像每一家 KTV 的服务台上都有只金色的塑料盘，里面摆着满满的宝路薄荷糖。等出租车时在路边就着深夜的灯光分辨薄荷的凉意里有多少人工合成的甜。

　　它就是寂寞的味道。

早上 8:43，起床的时间，分针与时针会重叠在一起。

傍晚 5:55，常去的咖啡馆按时将灯光调暗，三分钟后侍应生们会送上蜡烛，黑暗中，玻璃杯里摇晃着小小的光亮。我把收据夹进书页里，合上。

常去的日料店，即使有餐桌位，我也会选吧台。因为吧台对着一面高抵天花板的大镜子，镜子前整齐摆放的威士忌酒瓶、经常擦拭的黄铜装饰与隔板下隐藏的暖色灯条，透着昭和时代讲究形式的过时富贵感，让明亮却不刺目的光无处不在。

坐在这吧台前等着送餐，会觉得自己也是这蒸蒸日上富丽堂皇的世界的一部分。

快立冬了，白昼变短之后，我很想念南非的阳光，那些游猎的午后，让头发起静电噼啪作响的干燥。毫无距离地接触自然会让人忘记都市里的迷惘与压力，那个世界里的弱肉强食是一种欣欣向荣的循环，而钢筋水泥森林的种种掠夺则好像并无出路。

世界变得太暗了。

这次的水逆，带回了钟晓阳，高中时代最喜欢的作家，那是远在我知道黄碧云和亦舒之前。她续写了《哀歌》，结集成《哀伤纪》。看完这本书我才真正明白，青春已经过去。当年在旧金山的浓雾中听着船号等爱人归来的年轻女子，如今她的人生已经千帆过尽了，续篇写的是那段爱恋的前世与今生，我们以前爱过别人，后来又爱上别人，但是在生死前面，爱好像变得如东南亚的打折机票一样，可有可无。我读到一种黯淡的坦然：人到中年，你能确定的只有失去罢了。

当年那个读着她的故事向往远方的我，也觉得累了。跑去喜欢的家居店，买一张以前一定会严词拒绝的很大很舒适的沙发，每天躺在沙发上听着电视机里的声音发呆。

我看见白日的焰火，以熄灭的方式燃烧着。

生活的忙碌和烦琐让我们一退再退，最后的一点温柔闲暇，是清晨地铁上的一段有声书，听一个人如何描写孤独，拥挤人潮都退成无声的背景。

是你在周末午后给自己准备一杯热红茶，学着烤形状可爱的蛋糕。是你在季节变换的时候，从衣柜里找出的那件穿了多年的毛衣，这么熟悉妥帖。是在快递柜收到新买的小说，每天入睡前安静翻看几页，让这个故事短暂成为你生活的一部分，思绪在书页与现实之间飘荡。

是提笔给远方的朋友写一张卡片：你好吗？

在这些片刻，你再次明白辛劳奔波后面始终不变的坚持：要成为自己，要找到平静。

我把南非的旅行照印成了明信片，落笔的时候想起十年前独自在欧洲，给朋友和自己写过很多的明信片。这些年也常常会在塞满广告的邮箱里找到朋友们从世界各地寄给我的卡片，柏林、雅典、德里……往事像大雪一样落在这些卡片上。

我们曾一起走过伦敦、上海、东京的深夜，曾一起赶过作业，一起修改过稿件，一起久久坐在电影散场后的电影院里，等银幕陷入彻底的黑暗，然后在曲折前行的路上依旧保持着联络。收件地址更改过，字迹越发磊落，但梦依旧是那一个。

我们创造自己的生活，同时生活定义我们：以我们选择的道路，使用的物品，度过时间的方式。我们是自己生活的图书管理员，为自己拥有的物品、情绪、时间，寻找着最适宜的位置。

"我们要成为自己，我们要找到平静。"这愿望说得如此确切，听起来就是一句承诺。因为坚定，所以终将实现。

当天色暗下来的时候，遥远无尽的夜空里，有星。

伦敦夜雨与非洲黄昏

很喜欢看"村上收音机"系列，所以顺势买了这本《碎片，令人怀念的 1980 年代》，相比收音机系列这本逊色很多，但也是资料翔实、见解有趣的杂文集，可以学到很多冷门知识。比如美国最有名的三个叫杰克逊的人，议会有多少人爱跑步，名演员的收入。

还有若干八卦，村上家没有电视机，所以他每个月固定去朋友家看一两次电视，从早看到晚，零食与饮料不断（我以前也这样，后来实在不好意思，只能自己买了个平板电视，长期藏在窗帘后面）。

最有意思的一篇说的是伦敦第一个携带雨伞上街的男人。现在你觉得下雨天出门带伞再寻常不过，在佩剑的时代，拿着雨伞上街可是被众人唾弃的行为，但他顶住了压力。想象一下那个场面，一手剑一手伞，还有人指指点点，真的很不容易。后来金属骨的折叠伞问世，英国的绅士们也不用佩剑了，下雨天带伞出门才被接受。

以我的观察，如果你要带伞，一定得是那种卷得严严实实的长柄伞，每一个褶皱都平整妥帖才行。所以大多数英国人情愿淋雨，都不撑伞的。

看这本《碎片，令人怀念的 1980 年代》，时常会有一个疑问浮现在脑海，或者说是挥之不去：村上春树怎么连这个都知道？！好的作家就是这种什么都知道一点的人。你看他似乎终日沉浸在自己的世界里，但其实每个毛孔都在吸收外界的讯息，哪天就写到书里去了。小说里用的是最好的素材，次级琐碎的边角料就丢到杂文这只废纸篓。所以当作家的另一个要求是体格强健，否则负担不起这样高频率的脑力劳动，很容易神经衰弱。

我的建议是，有写作者在的场合，千万不要谈自己的私事。写作者是滤网，没有一点戏剧冲突能逃过他们的捕捉。但不妨添油加醋地说说别人的遭遇，演绎到极致，让他们无处发挥。

伦敦的故事注定和雨有关。住在伦敦的首饰设计师 Ejing（张嬺婧）有一个很受欢迎的系列，灵感就来自秋冬的伦敦雨夜，整个系列有胸针、挂坠、手镯等，我尤其喜欢其中的耳环，形状像连绵雨滴。英文名根据颜色不同，分为 dawn to dusk（从早到晚），eventide to midnight（从薄暮到午夜）。

Ejing 的所有首饰作品都以彩色丝线融于颜色变幻的树脂为材料，手工加以打磨制作，材料形成的过程让每一件首饰的纹理和颜色都无可预计，所以全都独一无二且数量有限。我买到的这副是 dawn to dusk，打开包装盒的刹那，觉得它就是非洲带圆月的黄昏。

三年前的深冬我结束工作从苏格兰坐火车去伦敦。因为苏格兰狂风暴雨，还要去海边拍摄，我得了重感冒，中途咳到眼底出血，半推半就地改签了机票，在伦敦足足养了一个星期才康复。

说来也奇怪，新闻里谈论很久的连绵大雨在我到伦敦的那天下午就停了。感冒痊愈之后，反而不知道要怎么支配计划外的自由时间。睡到中午起床做奶茶和泡面，下午就裹上大衣，将围巾层层缠好，梦游一样走在牛津街上。圣诞已过，行人并没有那么多。夜色在下午三点就开始降临，圣诞节的彩灯还亮着，晚霞如火，染红了被冻雨洗过的天空。

好像就是在牛津街和摄政街交叉的十字路口等一个漫长红灯的时候，我决定了要去邦德街再买一件昂贵厚实的新大衣，还决定了从此以后不要到处流浪，要安安稳稳地、快快乐乐地走我的下坡路。

文章结尾，为了模仿村上春树，我也该说一些和自己有关的小趣闻。那就是我在伦敦从来没有撑过伞。当年留学时带了把红色的折叠伞，很小巧轻便。但第一次带去学校就在图书馆被偷了。别的物品一样没少，就丢了那把伞。

后来有一段时间，每逢下雨我都有点紧张，怕在校门口的公交站台遇到撑这把红色折叠伞的人。然而没有，一直没有遇到过。大家都淡定地淋着雨等公交，裹着厚外套，像一群毛茸茸的安静的小动物。

如果你和我一样在读《最后的访谈》，冯内古特不要和华莱士一起读，冯内古特需要搭配马尔克斯，否则真的太苦了。

熄灭

第一次约会，她因为迷路迟到很久。赶到的时候，隔着一个路口看见他站在餐厅门外的夜色里，像在眺望什么。这是天气转暖前最后的一段寒冷。茶花还在开，时不时啪一声整朵掉落在地。

入座之后她不停道歉，他笑着摇了摇头，点头示意服务员点菜。等服务员离开，他说："如果我讲狐狸和麦子的颜色，是不是有点刻意？"还未等她脸红，他挥一挥手说："不，不相信童话的人说这些话，是没有诚意的。"

后来她记住了他弹烟灰的手势，也知道他太多情绪都不是麦子的金色。她成为一个大声呼喊的人，他只是紧紧抓住她，一言不发。

大概她结束得太笨拙了，重新开始显得非常艰难。再次恋爱已是多年后的事。参加婚礼的朋友中已经无人知晓她那么远的往事，人事俱渺，穿上白色婚纱的那一瞬她有再世为人的恍惚感。累赘沉重的裙裾仿佛是为了拖住她振翅欲飞的身躯而存在。三年后孩子出生，她在剧烈的疼痛中体会到真正的新生的喜悦。感觉迷茫了三十年的自己走进了一个狭窄但明亮得晃眼的房间，很多事情，比如突如其来的哀伤与脆弱，都被那光芒阻挡在外头。

下班回家，小区门口卖水果的小贩正将腐烂的橙子挑出来扔进河里。夜色中看不清水面，明亮的橙色消失在暗中，向深不见底的黑暗投掷冰冷的火苗。

到家，做晚饭，看孩子自己吃完蔬菜、面条和水果，陪孩子画画，帮孩子洗澡、刷牙、换上睡衣。孩子乖乖爬上床，等她读完两个故事，问："妈妈，我可以开着我的蘑菇睡觉吗？"他说的是床头那盏新买不久的蘑菇小夜灯。

"可以。你可以一直开着它。"她回答，伸手关掉天花板上的吊灯。

窗外车灯的光划过天花板，消失在黑漆漆的角落。她坐在孩子床头，坐在孩子软绵绵的呼吸声里，又闻见那列夜行列车上邻座费力剥开的橙子。他正穿过一节节车厢寻找她，交错而过的列车将呼啸的光投射在他身上，又迅速远去。

手里小小的手机屏幕在摇摇晃晃的黑暗中闪过灰绿色的光："不要离开我。"

当天色暗下来的时候，遥远无尽的夜空里，有星。

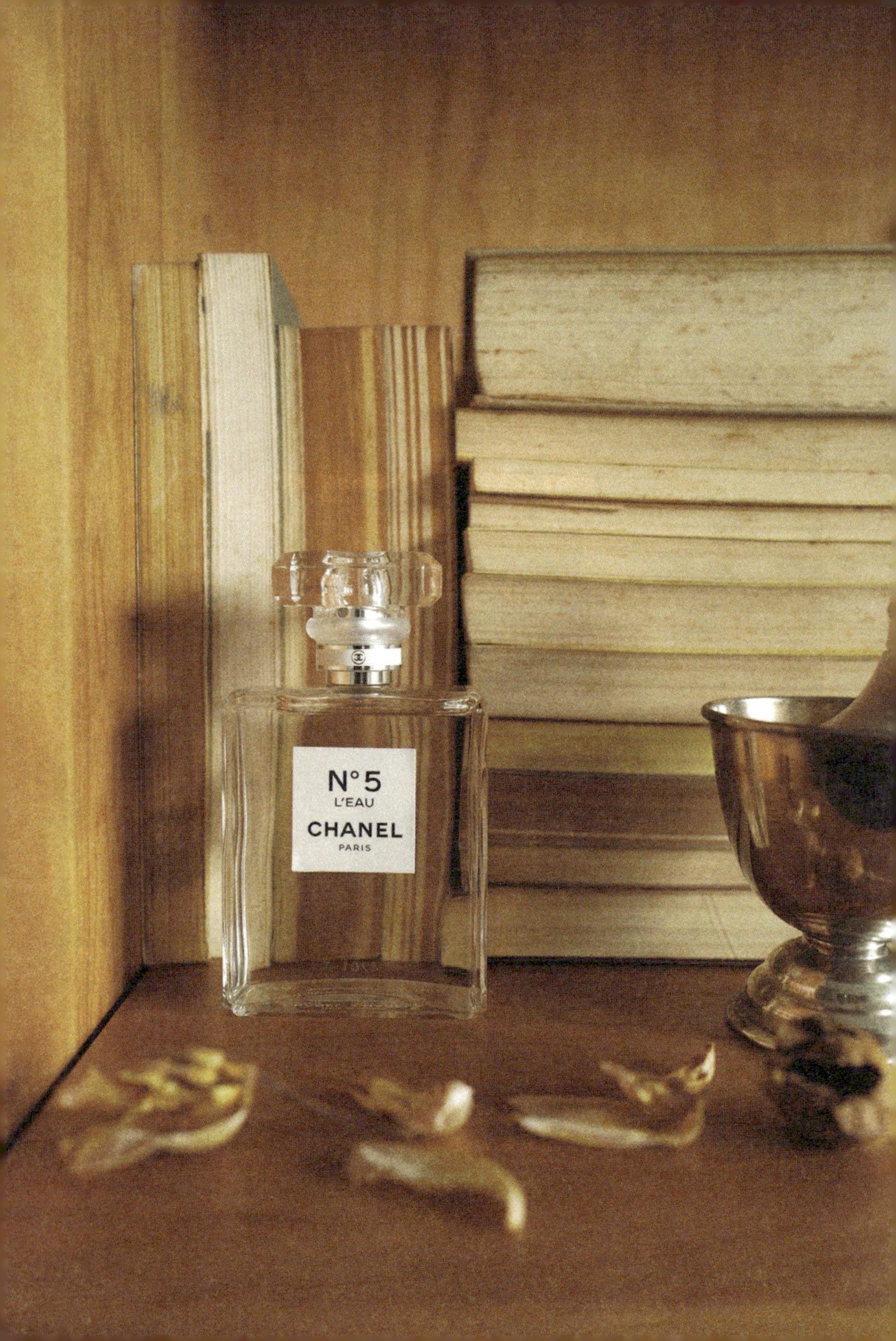
N°5
L'EAU
CHANEL
PARIS

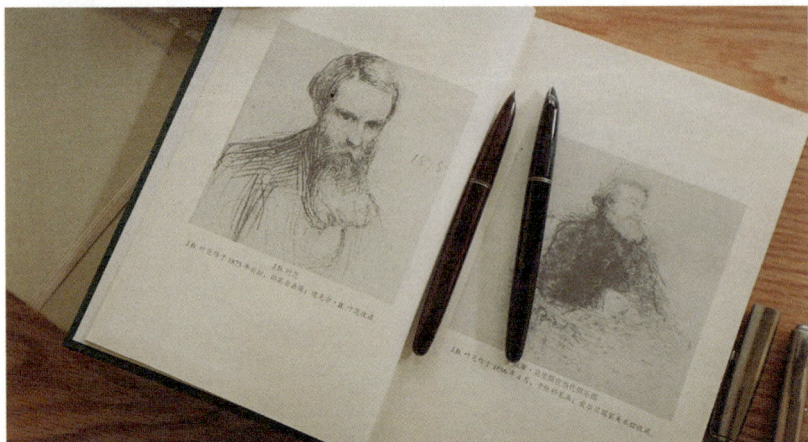

生活的忙碌和烦琐让我们一退再退，最后的
一点温柔闲暇，是清晨地铁上的一段有声
书，听一个人如何描写孤独，拥挤人潮都退
成无声的背景。

SCENT CANI
Hand poured premium soy blend wax infused with fine perfume grade fragrances.
NATURAL SOY WAX SC
WITH BRASS CAN

我不知道自己还向不向往自由。让我感到难过的，不是我们将来无法获得的那些，而是我们过去从未得到的那些。

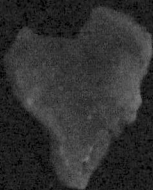
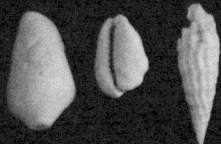

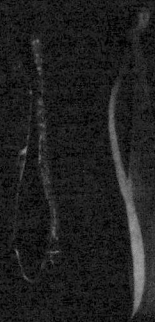
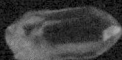

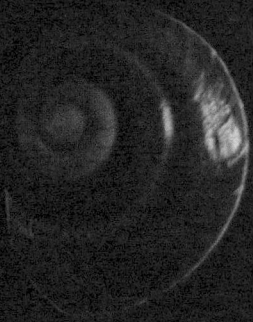

Simone Rocha

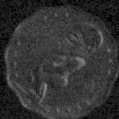
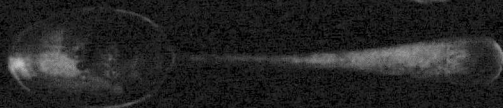

我们创造自己的生活，同时生活定义我们：
以我们选择的道路，使用的物品，度过时间
的方式。

这月亮照亮了这座城市里多少故事。

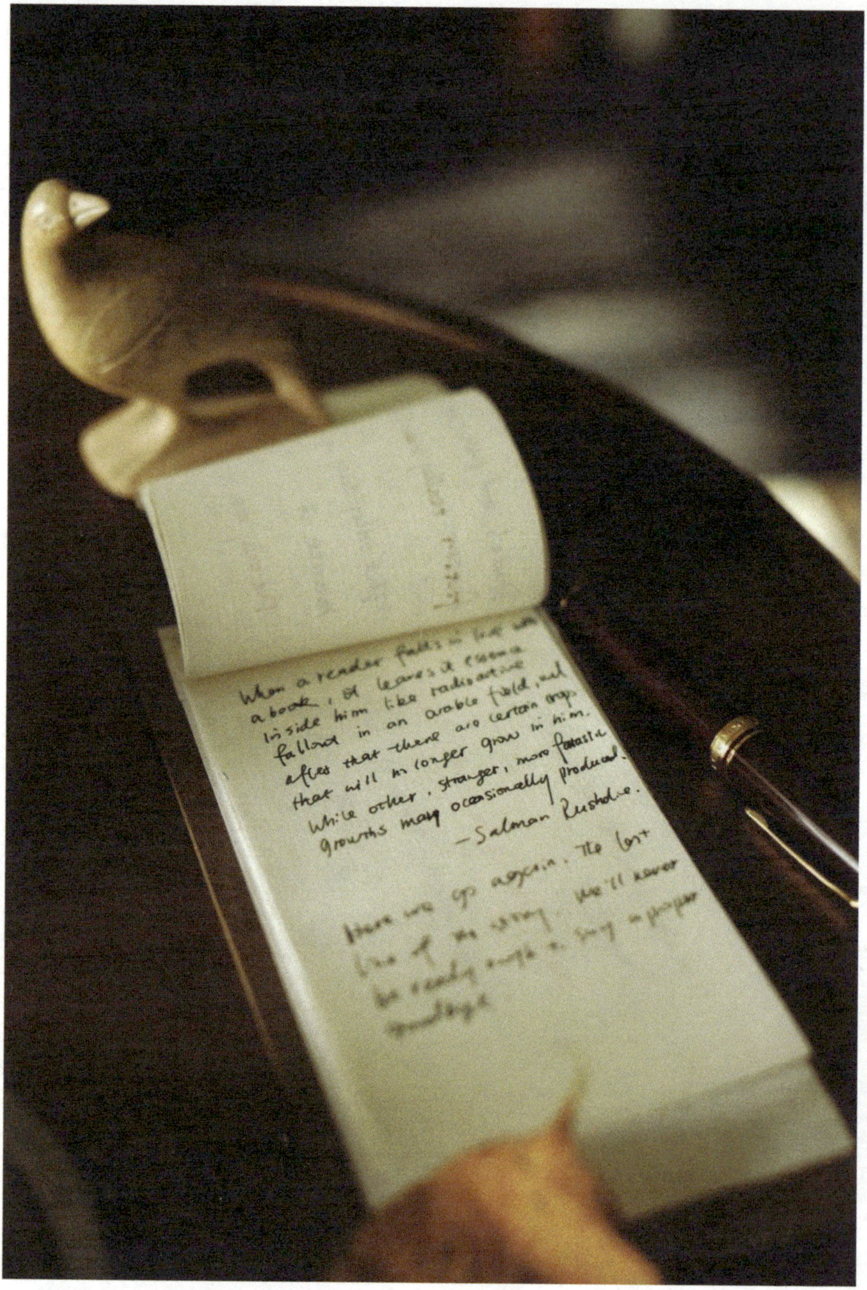

从此以后不要到处流浪，要安安稳稳地、快
快乐乐地走我的下坡路。

想起每次看见鲸鱼搁浅的新闻，总是很难
过。因为它们提醒我，这世界上原来依旧
有这么多不能回头的迷失，而且常常找不
到缘由。

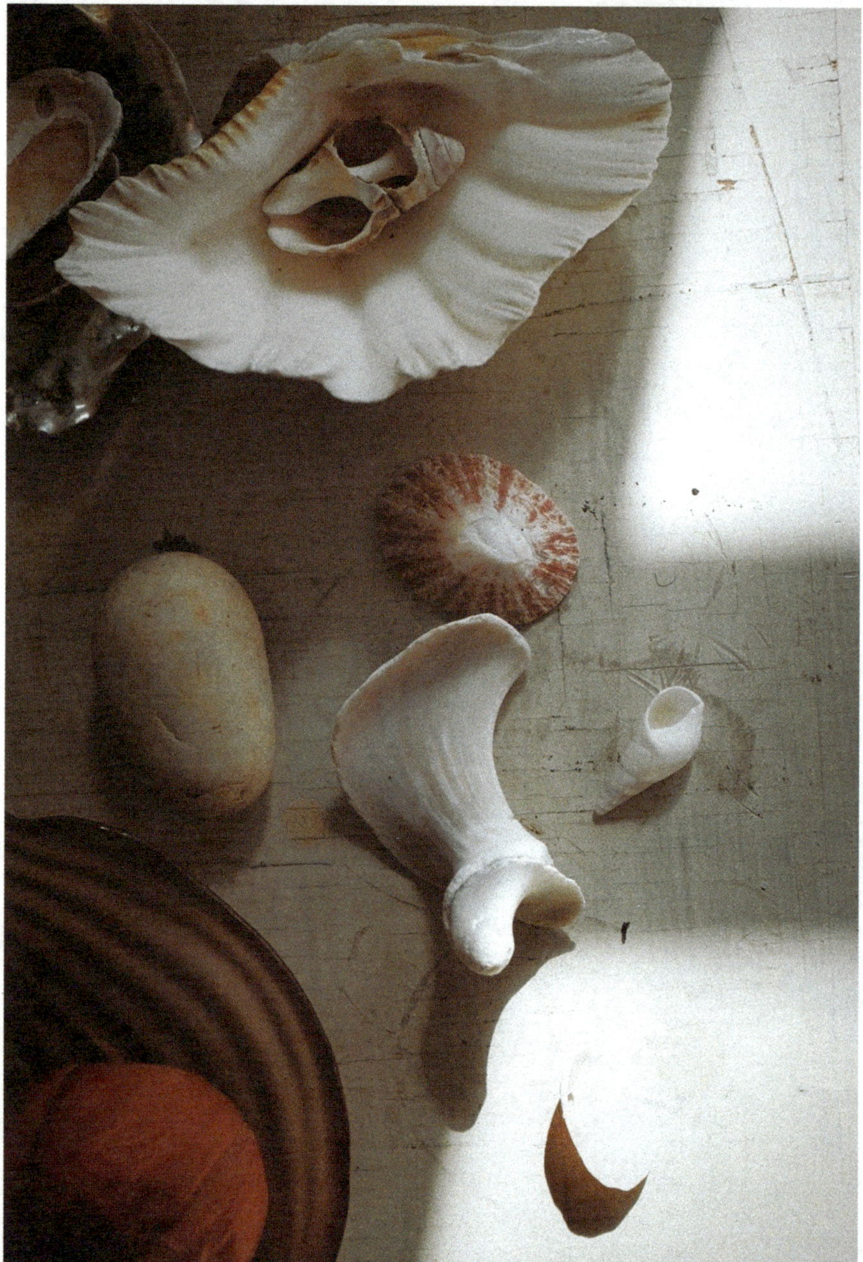

在快递柜收到新买的小说，每天入睡前安静
翻看几页，让这个故事短暂成为你生活的一
部分，思绪在书页与现实之间飘荡。

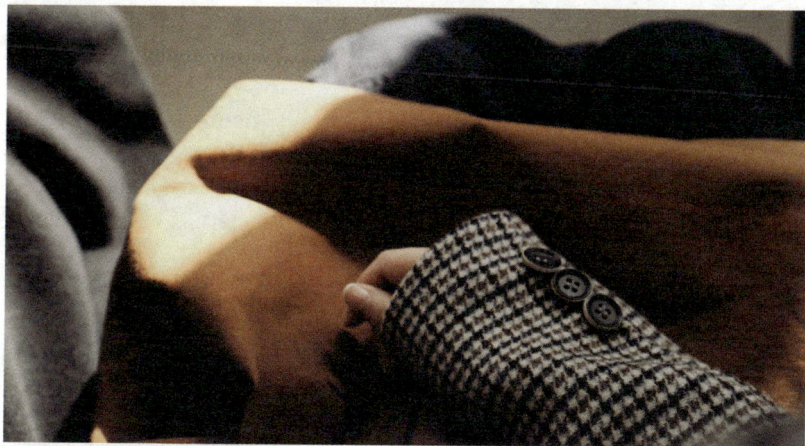

我看见白日的焰火，以熄灭的方式燃烧着。

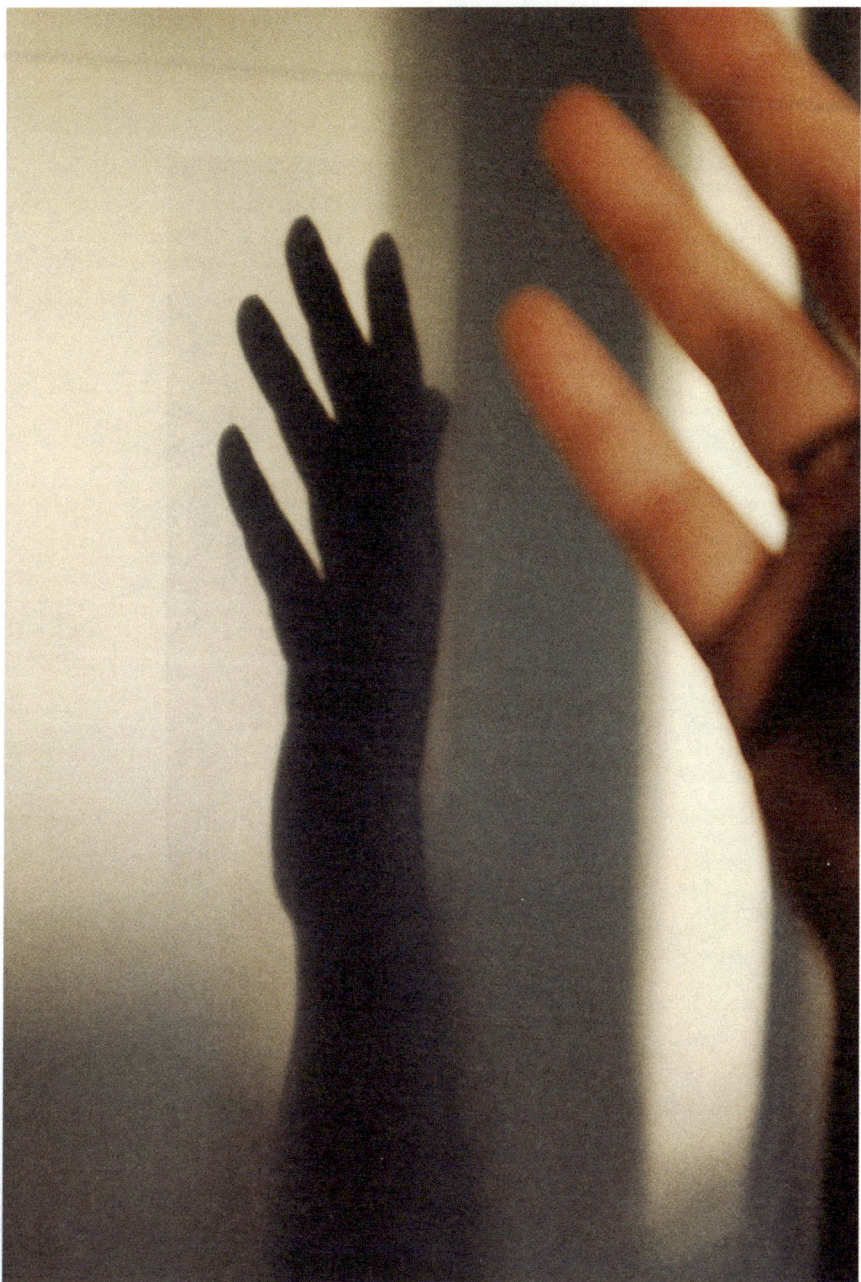

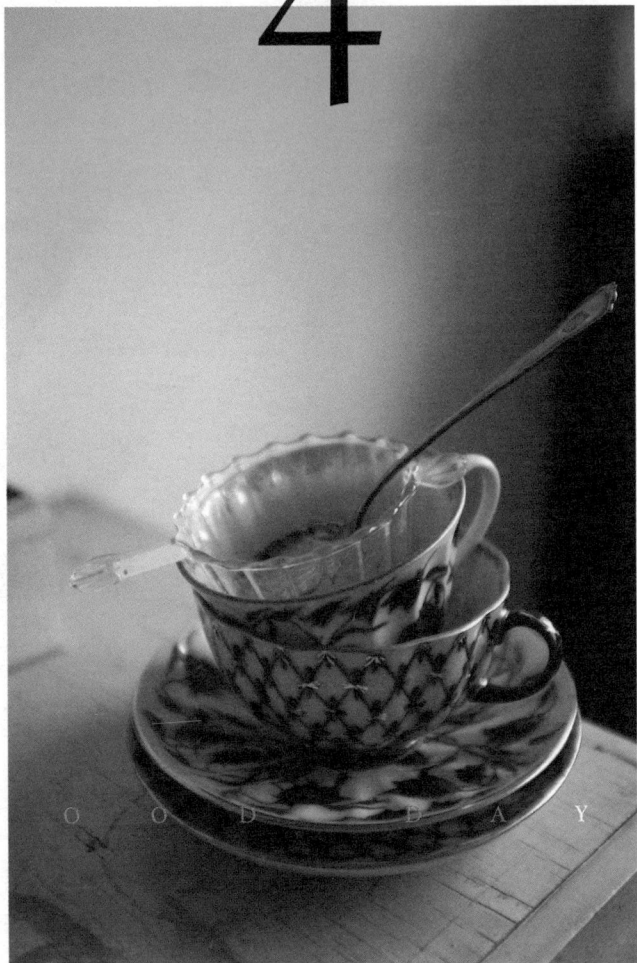

4

我学会了体谅，却也停止了寻找。时间总是太迟了，
又好像永远都来得及。不知道是不是这样。

冬

[Winter]

苹果蛋糕的迁徙

尽管通信技术已经让我们这个星球成为村落，但这依旧是一个很大的村落。不同肤色的人们住在不同时区的不同城市里，说不同的语言，吃着不同的食物，衣着或许已经渐趋相似，但大家还是保留着不同的风俗，以不同的方式庆祝着各自的新年。

我的新年是以和朋友庆祝他的新年开始的，这个庆祝的关键是苹果蛋糕。

2008年的秋天，我从意大利阿马尔菲海岸旅行回来，经过十多小时的飞行，行李都来不及整理就直接昏睡在卧室的地板上。中午时有人敲门，是和快递员不同的小心谨慎的敲门声。睡眼蒙眬地去开门时，发现门外站着的是在伦敦读书时认识的苏格兰朋友。

"希望你已经收到我的明信片了，因为地址看来是正确的。"他手里有一只灰色的双肩包，是他的全部行李。

为了从苏格兰来亚洲，他和两个朋友报名

参加了一项汽车拉力赛，三个人凑钱买了一辆二手车。然后开始了从苏格兰高地前往蒙古的漫长旅程。途经英吉利海峡到达欧洲大陆，从南法进入东欧，最后自俄罗斯入境乌兰巴托。历时两个月，二手车在乌兰巴托郊外抛锚，但他们尽力完成了最后一段旅途。尽管拉力赛已经结束一个月，但举办方依旧给他们颁发了证书。带着这张证书，他坐飞机从乌兰巴托抵达北京，并在深夜的北京机场，搭一个俄罗斯人的车到火车站，买了一张到上海的火车票。

秋天的时候，他在上海找到一份工作。十二月，他用工资买了一棵圣诞树，并表示要在圣诞夜做一顿新年大餐。"在立陶宛，我们总是在圣诞夜庆祝新年。"这时我才知道，他持立陶宛护照。"但你的苏格兰口音是怎么回事？"

"六岁的时候我和姐姐跟妈妈搬去苏格兰住，学校里没有人讲立陶宛语，我必须在一个月的时间里学会英语。"

也是那时候，我才知道立陶宛的传统新年大餐必须有十三道菜，除了鱼以外，不能有任何肉类，包括哺乳动物和家禽。所以在蔬菜之外，他准备了鱼肉。煎鱼块配洋葱土豆沙拉，也是他们的传统菜肴之一。经过一下午的准备，晚饭时我们发现用尽所有材料，桌上只有十二道菜。为难之际，朋友突然说："我怎么能忘记苹果蛋糕呢？"

三十分钟后，蛋糕出炉了，风味绝佳。绵密甜美的蛋糕与酸甜适口又柔软的苹果肉是很容易让人着迷的搭配。

"我记得在立陶宛的时候，我们住在湖边，有很多苹果树，做蛋糕要用一种青苹果。"蛋糕的配方在他们家世代相传，入冬后，院子里的苹果成熟，几乎每天家里都会烤一个苹果蛋糕。"我们离开立陶宛去苏格兰时，没有带什么行李，所以没有很多让我回忆的纪念品。"朋友说，"在学校的日子并不开心，但秋天的时候我妈妈给我烤苹果蛋糕，我觉得苏格兰也不是很糟糕。"

小时候，朋友曾觉得蛋糕的配方一定很神奇，因为实在美味，每天吃都不会觉得腻烦。长大后他特意问了母亲，才发现所谓的配方除了蛋糕的基本配料，其余都没什么定数，就是看心情，和中餐的调料使用有异曲同工之妙。

这是我知道的最随意简单的蛋糕配方。但它的到来却是一个非常漫长的旅程，经过了二十多年的迁徙，上万公里的跋涉。"乡愁"这种滋味，大概就是这样简单又温柔的酸甜。

苹果蛋糕

原料：

低筋面粉 100～200 克

青苹果 1 个

鸡蛋 1～2 个

黄油少许

糖／蜂蜜适量

肉桂粉少许

工具：

深烤盘

1. 制作面糊。鸡蛋充分打发，混入筛过的低筋面粉，加入水和糖，搅拌均匀。面糊的质地以能缓慢倒出为宜。至于糖，喜欢甜的人可以多加，我觉得控制在 20～30 克较好，能更好地感受苹果的酸。

2. 黄油隔水融化后倒入面糊中，再次搅拌，留少许黄油抹在烤盘底部，同时撒上肉桂粉。

3. 苹果洗净后切片，均匀码放在烤盘内，苹果片厚薄随意，1厘米厚度就很合适。

4. 将面糊倒在苹果上，再撒上一些肉桂粉，将烤盘放入烤箱，220度，30～35分钟。

烤制过程末期可以用筷子检查蛋糕质地的变化，等苹果肉变柔软，蛋糕就烤好了。蛋糕出炉之后，最好马上切开，均匀散热，让苹果保持柔软但不会过于软烂。

这世界的诸多谜题之中，最可爱的一个大概是为什么猫咪这么喜欢毛线团。人类为猫咪们准备的各种玩具固然也逐渐被这些性格难以捉摸因而更显迷人的生物接受，但效果常常逊色于不小心掉落到地板上的毛线团。它们全心全意追逐着滚动的毛线团，抚摸、轻触、拍打，不知厌倦。

当我回想自己生命里的那些和羊毛线相关的记忆，如果把自己想象成排除艰难险阻去寻找金羊毛的少年英雄伊阿宋，这个故事就会更波澜起伏、荡气回肠，但事实是，与柔软蓬松的毛线缠绕在一起的，永远都是温暖轻松的回忆，所以我只能把自己想象成一只追逐线头的猫，欢快地追逐着滚动的毛线团，开心地跑向过去。

小时候母亲给我织过很多毛衣，我可以在编织书里选择图案和花样，花仙子、熊猫、米老鼠都曾是我喜爱的图案。织毛衣剩下的毛线

---

①生活满是破绽。

她也物尽其用地织成了手套，甚至是冬天的茶壶套。可惜我没有继承到这门手艺，尽管学了好多次，依旧时常忘记收针的方法。于是毛线编织在我心目中，连同我对毛衣的喜爱，以及毛衣给我的柔软与温暖感觉一起，始终是个难解的谜题。

大学时代给喜欢的男生织围巾，依稀记得买的是蓝色粗羊毛线，最后觉得太简单了些，不足以留下深刻印象，临时又问同学借了点白色毛线，在收尾时织了三道白色条纹。年轻时候的爱恋，就是这样漫不经心。如今想来，手工织成的羊毛围巾实在是很"棘手"的礼物，它们往往不太精致，有明显的手工痕迹。但心意动人，必须时不时拿出来围一下。如果有人留意问起围巾的来历，实在不确定是不是应该跟提问者说起围巾相关的情感故事。所以比起平整得体的羊绒围巾，手工编织的羊毛围巾只适合成为少年情谊限定。

工作以后，喜欢在夜晚织围巾，简单的针法，常常是黑色或灰色的毛线。那一刻，所有跨大洲抄送的邮件、待审核的预算申请、写不完的工作报告……都被羊毛线温暖又略粗糙的手感轻松瓦解，在重复的针脚中，我获得平静和放松。

一次外出开会时，同事的羊毛围巾中间有线头松开，他显然对毛线编织一无所知，为维持仪态偷偷扯起了线头，以为扯掉就能解决问题。等我发现时，线头已经成了他掌心一团曲折的线，像脱不了手的方便面。"很难买到这种针织的羊毛围巾了，看来只能扔掉。"他用非常遗憾的口吻说。

"并不是什么难事，我有办法。"我把羊毛围巾带去菜市场，在角落的便民服务摊上找了位手艺高超的阿姨，花十块钱把围巾恢复了原状。

二十世纪三十年代的巴黎，美国最著名的作家之一菲茨杰拉德写他那本著名的《夜色温柔》时，他饱受争议的妻子泽尔达也正撰写她人生中唯一的小说。她在这本自传痕迹明显的 *Save Me the Waltz*（《最后的华尔兹》）中写道：It is the loose ends with which men hang（人都吊死在破绽上）。

"loose ends"可以翻译为破绽，但本意是松散的线头。如果有机会，我想向泽尔达描述那个同事拿到修好的围巾时惊喜的神情，并告诉她，整理松散的线头也是生活的乐趣所在。

死海

　　这个春天开始的时候，朋友退掉了在北京租住的房子，把所有物品装进三十个箱子，从此与生活二十年的城市正式了断。她说：这些箱子，就是我的前半生了。

　　我的开春，是买了第五个书柜。安装的时候，iPod从肖斯塔科维奇、勃拉姆斯播到Chet Baker（查特·贝克）、Nat King Cole（纳京高）、加藤登纪子。当然还有莫文蔚、陈奕迅和王力宏，十多年前听的这些歌里，现在最喜欢王力宏的"Mary Says"（《玛丽说》）。每次听简单直白的歌词，依旧能拨动某根弦。

　　And Mary says she's gonna be OK. She tells me things will be much easier someday.（玛丽说她会过得很好。她告诉我，总有一天，事情会变得越来越简单。）

　　从伦敦拿到商业学位回来以后，窝在乡下的家里度过了无所事事的一年半时间，大学时的同学觉得我浪费生命，介绍一份我做起来游刃有余的工作给我。因为时间仓促，来不及安顿，只能在公司附近租了一个酒店式公寓。

我是在一年中最冷的时候去上班的，借了家长的车，但大多数的清早冒着严寒步行上班，寒冷令人清醒。

房间的灯光色温不是我喜欢的，但也换不了，所以晚上尽量不开灯，买了很多蜡烛。每天加班回家都已经很晚，房间没有电视机，我买了一台小小的无线电收音机。那年夏天时常有暴雨，我在窗前就着闪电看杂志。深夜电台都睡了，只剩下沙沙的声响。从那个时候开始，视力已经不能更坏。

那年夏天还发生了两件让我印象深刻的事。一是我失恋，二是经常去的餐厅发生凶杀案，关门歇业。那段时间我只能在公司的食堂吃饭，咽下难吃的饭菜是容易的事，躲避不熟悉的同事之间的应酬是不容易的事。

餐厅再开业的时候，墙壁重新粉刷过了，空气里有墙面漆的味道。大家点与之前一样的菜，埋头吃饭。那个角落始终空着，但墙面漆的味道早晚会散去。某个用餐高峰，那张桌子也总会被坐满。

有天早晨我突然不想上班，就在酒店公寓门外的花坛边坐着。路边看手相算命的人过来对我说，姑娘，你需要算一卦，我来跟你说说你的事情。

之前就时常见到他，衣着朴素，拎一只黑色人造革的包，边角都已经磨损，细碎的裂缝中露出米黄色的线头。我没有拒绝，表示愿意听他讲。他在我身边坐下，酝酿十几秒钟，开口说：你感情不顺利。我不说话。然后他说，你付出比较多，你用心比较多。我看着路口渐渐热闹起来的人潮，不知道怎么回答，在公众场合谈心事，始终是做不到的事，所以依旧沉默。

谈话进入僵局。但是我想，不管这句话的对错，他确实是一个很厉害的人，因为他说的话，正是我喜欢听的。我喜欢奥登，奥登在诗中说，若深情不能对等，愿爱得更多的人是我。我付钱给他，站起身来，去上班，可能要迟到了，所以走得快一些，看起来有几分像在逃跑。

他每天要接触来来往往经过的那么多人，听过那么多的故事，那么多的诉说，最后拼凑了这样两句话给我，好像这个故事只能如此。那就真的只能如此。

默温在《巴黎评论：诗人访谈》中说，金斯堡有奥登公寓的钥匙，他俩去过奥登在格林威治村的公寓，那是默温见过的最乱的房间，显然没有打扫或除尘过。

我在酒店公寓的房间非常整洁，却不是令人感觉舒适的整洁，而是近乎荒芜，除了日常消费品，比如牙膏、肥皂、随身衣物之外，没有任何属于我的东西。后来我在路边花三块钱买了一只白瓷花瓶，又在商场买了一只无线电收音机。开春时，试用期已过，发工资那天我去楼下的商场买了几件白衬衫。挂在白蜡木色的衣柜里，还算不错。

花瓶后来摔碎了，那只三块钱买来的花瓶。无线电收音机不知所终。那之后我搬了好几次家，花瓶一直在纸箱里跟着我。等我安顿下来，有了自己的家，它却意外摔碎。因为太廉价，也没有放在心上。随身携带的行李中，跟随我最久的除了这只花瓶，就是几张明信片。我的好朋友在苏格兰读书，临时决定要换专业，所以多停留了几年。她时常给我写信，用可爱的工整的字体。比如说在高地的溪流里面看到了三文鱼群；去瑞士度假，住在很好的温泉旅店，以后我们一定要一起来。我们没有一起去瑞士，但是她来了上海，跟我生活在一个城市。

她买了套小小的公寓，尾款差几万块钱。那时候还没有手机支付，银行取款有限额。下班之后我开着车，拿着所有的储蓄卡，一家一家银行取钱，把取出来的钱放在她的双肩背包里。

她的结婚戒指是我设计的，本来由我负责在她注册登记那天把戒指给她，但在那年冬天，我第一次遭遇抑郁症，根本无法与人沟通交流。所以在她去注册的前夜，一个很冷很冷的深夜，我开车到她家楼下，什么都没有说，从车窗缝隙把戒指递给她，然后又开车回去，回到不开灯的家中。

记得当时我很想拥抱她，还想对她说，你会幸福的，你要原谅我。这两句话，都实现了。几年后苏格兰高地金雀花盛放、山顶积雪未化的明媚初夏，我参加了她的婚礼。

那之前，我去了耶路撒冷和死海，顶着一头烫坏了的卷发，背包是好朋友的先生借我的，相机是二手的禄莱。那些胶卷经历了世界上最严密的安检，被反复用 X 光照射。

从酒店的阳台看出去，死海比最蓝的矢车菊花瓣还要蓝，《创世记》中记载的上帝毁灭的罪恶之城所多玛城与蛾摩拉城都沉没于这片地区，所以这里的水比别处要浅，也更蓝。

蓝色的海面上漂浮着一条条安静的"美人鱼"：为了避免咸水溅入眼睛或口鼻，大家都尽量减小动作幅度，闭口不言。世界上含盐量第三的海（湖）水会迅速找到你身上最细小的伤口，让你感觉到锥心的刺痛。一般人可以停留三十分钟时间，勇敢的人可以坚持四十分钟。

死海所在的 Masada（马萨达）国家公园，因为高温和干旱，整个区域荒芜得如同月球表面，让我想起自己生命里的这一段荒芜。

那一刻开始，我努力要在自己的生命里扎根，像种植不知名的植物或者树。也不知道成功了没有，我的生活中开始出现很多用了多年的物品。用了十八年的桌布，写了十五年的钢笔，喜欢了十四年的香水，穿了十二年的牛仔裤，听了十二年的 iPod，出版了十年的小说，用了八年的相机，诸如此类。

持志如心痛，拼尽全力只为平静度过。这个只为实现简单与专注的愿望，最终也因为旁枝冗余太多，成了执念。

我学会了体谅，却也停止了寻找。时间总是太迟了，又好像永远都来得及。不知道是不是这样。

流波上的安稳

我最喜欢的作家是翁达杰，他出生于斯里兰卡，在伦敦求学，后来定居渥太华，教书、写诗、办文学杂志。在《英国病人》这本书里，翁达杰让来自匈牙利的没落贵族、来自加拿大的护士与小偷以及为英军效命的锡克兵相逢在意大利佛罗伦萨郊外的别墅里。

翁达杰说，如果你从空中俯瞰，这个世界是没有疆界的，地图上的那些边界线都不存在。

这让我第一次对这个世界心存向往：一个没有边界的广阔天地。有时候杂志里的一张照片就能激发我旅行的冲动。成为自由职业者之后，可以去很多突然想要去的地方。马耳他，阿马尔菲海岸，库克群岛，瓦努阿图……那一年去过十多个不同国家的岛屿之后，最终完成了这本书。

有一年春天去苏格兰参加朋友的婚礼，我想既然飞这么远，不如继续往北。于是从爱丁堡飞往哥本哈根，然后经过法罗群岛，再去冰岛，又从米兰到佛罗伦萨，再去伦敦。这趟旅行一共用了四十多天时间，回家的时候已经是夏天。这一路上住过苏格兰卡耐基的庄园，住过冰岛北部峡湾里的简陋民宿，大西洋上某个小岛的旅馆，还有伦敦的高级酒店。

至今记得出米兰机场叫的那辆出租车，司机是个六十多岁的大叔，穿米色短袖衬衫，有中规中矩的肚腩，他在听广播，应该是BBC Radio 3（英国广播公司古典音乐频道）那样的电台，播的是《蝴蝶夫人》。车厢里的暖黄色灯光，车窗外米兰正暗下来的天色，空气里的城市气息，街心公园里起舞的人……远方变得如此旖旎，像一场让人欲罢不能的恋情。

出租车车厢狭小，我把背包紧紧抱在怀里，能感觉到背包底部的坚硬，那是我的搪瓷杯，这一路上刷牙喝水都用它。我隔着背包握住搪瓷杯的把手，觉得可以就这样住在旅行箱里，一直游荡下去。

很多人问我为什么喜欢旅行，我总是回答不上来。爱是没有理由的，又或许因为理由太多太多了。

我喜欢旅行，因为很多人觉得劳累不堪的长途飞行治好了我的失眠。最喜欢漫长的洲际航班，即使是狭小的经济舱我也睡得安稳香甜。飞行中我不阅读也不写稿，专心致志地昏睡着，从一个地方抵达另一个地方。因此我可以自称为一个专注的人。

去北欧背包旅行那次，全部行李就一只背包，里面有换洗衣物、保温杯、电脑和一只小无线电收音机。路上编辑来催稿，我听着听不懂语言的广播，在哥本哈根的小旅馆写一点，在瑞典的哥德堡写一点，又在挪威的奥斯陆再写一点。等到在斯塔万格看布道台时，稿子差不多完成了。

我依旧清晰记得在马耳他度过的那个夏天，阳光炽烈，明晃晃的白色，烤得金黄色岩石仿佛要化为粉末，芦荟丛枯萎变黑，软绵绵倒下。地中海很蓝，惊涛拍岸。还有很多金色的窄巷，藏着圣像和年久失修的教堂。为了躲避阳光，我时常迷路。

那一年我也从翁达杰的读者成为他的译者。为更好地理解《安尼尔的鬼魂》这本揭示翁达杰的故土斯里兰卡的内战惨剧的小说，我去了斯里兰卡。那时候距离斯里兰卡内战最终结束，间隔不到五年时间。Gozo 岛上最著名的景点蓝窗在三年后的 2017 年倒塌。

　　当书里那些僧伽罗语人名和地名出现在眼前，书里描述过的壁画和佛像触手可及，我听经历过内战的向导讲述他这些年流亡国外又回来重建家园的经历，我知道自己终于拿到了走进这本书的钥匙。

　　如果说我的生活中有什么闪耀的高光时候，那应该就是将旅行箱放进衣帽间，然后走到书房打开电脑的那一刻。记得结束了南非的旅行之后，我把那些大象、猎豹、鸵鸟、白犀牛、扭角羚羊和卡其布裤、麂皮靴、相机记忆卡一起妥善收纳，坐下来写久违的小说。那是一个回归的故事：回归规律的日常，回归记忆中的甜蜜与安稳。我把这几年在异国他乡的深夜对家的想念和想象都写到了书里：有嗡嗡响的冰箱，暖黄的灯光，散发香气的烤箱，冒着气泡的冰可乐和热腾腾的米饭。现实生活中的我，却并不经常做饭，而且永远都活在想要远行的冲动里。

　　我觉得，不用思虑太多，不用计较安稳，我们只是生活在旅途上和文字中，就很好。

我爱碳水

我爱碳水化合物，这是唯一真正不求回报的爱。

1

森茉莉对美食的判断让我非常信服。她说英国唯一好吃的食物是饼干，而且是世界上最好吃的真正的饼干。biscuit（饼干）这个词，本身就非常可爱，有松脆的口感。她不喜欢日本的饼干，但我觉得如今的日本饼干还不错，尤其是那种芝士小饼干。外形像月亮一样可爱，有一种暖意。

芝士是力量，奶酪是陷阱。这种饼干会让人吃得欲罢不能。

2

有时候我会想念英式早餐，蘑菇、火腿、煎蛋、烤番茄，配红茶。太油太咸，并无美感可言，但给人足够的能量。这种早餐常常是在酒店的清晨（无奈地）吃下。因为茶包用的是碎茶末，茶总是太浓。

留有很多刀叉摩擦痕迹的厚重的白瓷餐盘总是热热的，有一点烫手。这是最令人愉悦的部分。

3

森茉莉在《巴黎的咖啡馆与东京的咖啡馆》中说："人们如果想变得快乐，就应该走进巴黎的咖啡馆，吃玫瑰色的火腿和奶油水果馅饼。"

我曾在意大利北部的海边小镇，坐在俯瞰碧蓝色峡湾的阳台上，吃过新鲜的无花果、蜜瓜配玫瑰色火腿。至今还清楚记得火腿大理石般的细腻纹理和峡湾中那些线条优美嶙峋的灰色岛屿与葱翠松柏。

但在家里，用黄油和黑咖啡搭配自己烤的小面包也一样开心。因为等不及完全松弛发酵就把面团涂上蛋黄液送进烤箱，面团中没有加奶粉且水分偏少，所以面包呈褐色的表面带着酥脆的裂痕，露出浅黄色的松软内部。让我想起在什么地方看见过的岩壁。似乎是怀特岛的某个沙滩，沙滩很窄，面海而立的岩石是我见过的最丰富的棕色系，从花粉黄、肉桂红到深咖啡色，如果仔细分辨会有十几种不同的明暗深浅。

它们和岛屿另一边在阳光下闪闪发光的白垩岩形成鲜明的对比，透着平易近人的暖意。细腻的质地和上好的粉笔一样，会在触碰它们的手指上留下痕迹。滑腻的触感，仿佛你触摸过很多很多的蝴蝶。

4

和刚出炉热腾腾略有些烫手时最好吃的面包不同，苹果蛋糕是放凉之后更美味。再多撒一点肉桂粉在烤熟后变成半透明的柔软苹果上，蛋糕的质地在降温后由松软转为略迟滞的厚重，无论搭配哪一本小说，都是合适的。

因为性格马虎，那种稍稍打量一眼就能判断对方年龄甚至职业的可怕观察力，我是不可能拥有的。但大致判断一扇窗户的高与宽，凭记忆说出路边某些常见植物的名字，我能八九不离十地做到。在做烘焙时用的也是这样的推断力，全部工具只是一把汤勺（用来舀面粉）和一只搪瓷碗（用来和面）。

烤面包和比萨毫无问题，好像手掌有关于面团的细致记忆档案。需要用面糊制作的松饼，虽然最轻松简单，却因为不能依靠手感反而成了小冒险。有一次我不知道是多放了鸡蛋还是牛奶或者面粉，松饼在烤箱里发起来，一直从底层膨胀到烤箱的顶部，像电影中的快镜头那样转眼长成了一座中空的塔，撕开后惊讶地发现虽然只加入少量黄油，却形成了泡芙的质地。

我是和我写的小说《甜月亮》中的女主角完全不同的人。

5

草莓和不加糖的奶油一起吃最美味。犹豫的奶油，干脆的草莓。

打发奶油的过程，是我唯一会的魔术。观众只有自己，但每次都真心实意地想要因为惊喜而鼓掌。不是为自己，而是为奶油。奶油真是了不起，会表演如此华丽（美味）的变身。

6

司康饼是最适合雨天的下午茶点心，比起果酱和黄油，我更喜欢抹奶油。司康不加糖，淡奶油打发也不加糖，这样就能感受到黄油和面粉的爱恨纠缠，绵密与粗糙的质地同时呈现，像无趣寡淡生活中看的文艺电影。

我吃过的最好吃的司康来自一艘停泊在爱丁堡港口的游轮，这艘名为 Britannia（"不列颠尼亚"号）的游轮归英国女王所有，是她的海上城堡。海上航行比飞机慢得多，她可以在巡游"日不落帝国"的广阔版图时顺便度假。它夏天则常常巡游在苏格兰的海上。游轮上令我印象深刻的物品有菲利普亲王在香港购买的一对藤椅，一辆劳斯莱斯汽车和一艘擦得闪闪发光的游艇——女王收到的生日礼物之一。香港回归时，Britannia 航行到香港，这是它的最后一次长途航行。1997 年 12 月 11 号 15 点 1 分，女王最后一次离开这艘游轮。所以船上所有时钟停在 15 点 1 分那刻。宴会厅的丝绒地毯是奶油黄的，踩上去有一点像黄油的那种柔软。

所以下午三点是下午茶的好时间。

睡
美
人

任何强烈的感情都在我们身上引发空虚感。

——安托南·阿尔托《残酷戏剧》

梦境的内容重复到一定程度，我觉得可以把它们像沙滩上捡到的石块那样按颜色分类。最喜欢的是关于学校的梦，明亮无人的教室，热闹的操场是白衬衫的海洋，整洁的图书室能闻到书页的气息。我不做考试的梦。最不喜欢和机场有关的梦，匆忙、嘈杂，各种周折和中转，一程又一程。

梦得最多的是旅行的场面，永远是明媚夏天，有山有海，沿路的花盛放如正喷发的火山。

有时也会梦见马，走近看发现是独角兽。据说梦见独角兽的人会与久别的朋友重逢。那么，机场的那些梦就是想要见面的愿望的集结吧？

比起梦见了什么，我更好奇人为什么要做梦。不是科学角度可以解释的梦的形成机制，而是梦的意义。我们需要进食以维持生理机能，我们需要穿衣以保持体温。但没有梦境的睡眠也一样有效，所有的梦境都是徒劳。

那，我们为什么要做梦？

曾看过一篇关于写作的文章，只有一个观点从此记忆深刻：不要描述梦境，那很无聊。我之所以牢记这一点是因为它太正确：梦没有意义，描述它自然也没有。

如果读者在故事结束的时候发现这一切不过是场梦，往往故事越精彩，读者感受到的失望就越强烈：原来这只是一场梦。这意味着其中没有真实，没有逻辑，最重要的是：没有感同身受。

这样的结尾如敲响警钟，大声对读者说：好了，现在我们都该醒了，这举动无疑是将追随主人公跋涉过千山万水的读者直接推落悬崖。

但真相是，所有的故事都是作者精心编辑的梦境。区别在于有没有明确告诉你。

那，我们又为什么要阅读？

阅读小说的乐趣是在虚构之中发现比现实更严谨的秩

序，从而在虚幻之中感受到比生活更强烈的真实感。阅读最后被明言的虚幻，却反而让人有被愚弄的感觉。这不是自欺欺人，是乐趣的被剥夺。

当然也有确切真实的道理可以被书写，包装成童话或者寓言：作为暴露在读者眼前的虚幻，它必须提供补偿，会有深刻的真理稍后为读者揭示。

可惜，世间所有的道理，无论浅显或深刻，都已经被明明白白讲述过，并从幼儿园开始反复教授。所以，我们还是更喜欢读小说，那种不会在结尾要求你醒来的故事。那种就算书页永远合上你也依然可以流连其中的故事，那种你有时觉得书中人物就是自己，有时又会将书中人当故人怀念并想知道他们近况的故事。

我们阅读，因为我们在书里追求的，是比现实更"真实"的梦境。以完美节奏推进的戏剧冲突，模范化的性格成长，然后来一点出人意料的转折让你感性地伤怀命运的无常或理性地赞扬作者的聪慧狡黠。你听见脑海中思绪的回声，那是你在和书里的那个自己并肩同行，低声对话。

当一个好故事结束时，读者心满意足，然后任凭失落感蔓延，如同信步走在烟花散尽后的碎屑与尘埃里，远远的硝烟的味道让人隐隐感觉到内心逐渐退潮的激动。

好故事的余韵就是这样细碎但强烈的失落感，仿佛每一粒灰尘都清晰可见，它们无声飘散四处，却每分每秒都在朝着合适的方向聚拢，直到组成一场盛大的回忆，我们在回想中迎来又一次潮涌：这是普鲁斯特的丁香花的气息，这是博尔赫斯描写过的黄昏，这是石黑一雄书里的瓷器，这是杜拉斯笔下的海，无边的爱恨……

半夜醒来，天幕中有一弯月牙，它柠檬黄的光照耀着厚厚的积雪，空气是蓬松清冷的暖灰色。这景象比所有梦境都更轻盈美丽。

我们都是要死的，却依然努力着、挣扎着，认真地过着这一生。爱着，盼望着。为什么？

Soft

爱是没有理由的，又或许因为理由太多太多了。

我们都是要死的，却依然努力着、挣扎着，认真地过着
这一生。爱着，盼望着。为什么？

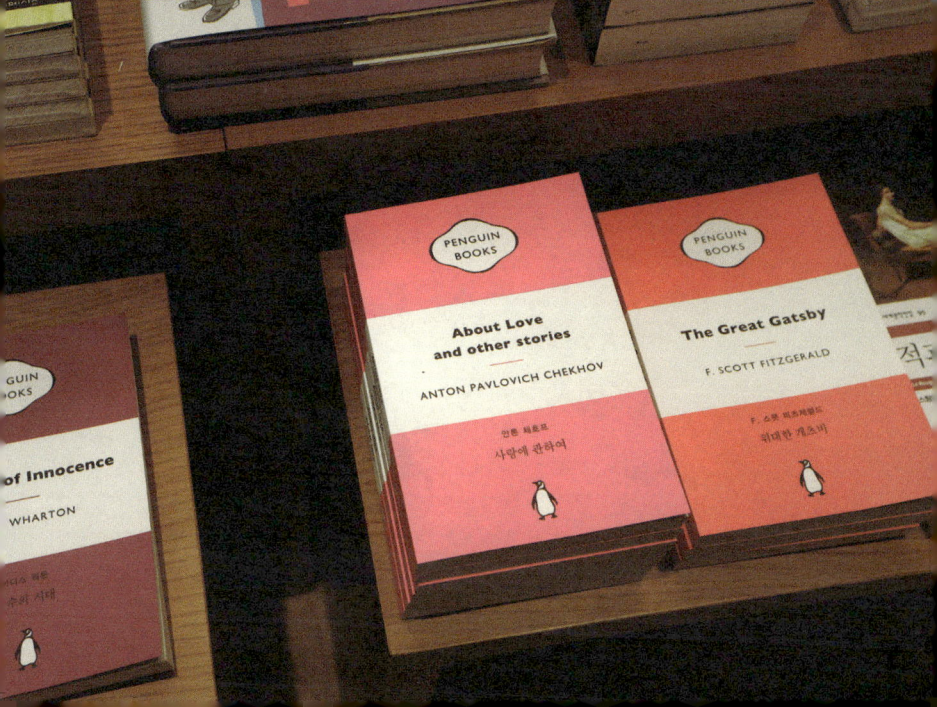

PENGUIN
BOOKS

**About Love
and other stories**

ANTON PAVLOVICH CHEKHOV

안톤 체호프
사랑에 관하여

PENGUIN
BOOKS

The Great Gatsby

F. SCOTT FITZGERALD

F. 스콧 피츠제럴드
위대한 개츠비

GUIN
OKS

of Innocence

WHARTON

순의 시대.

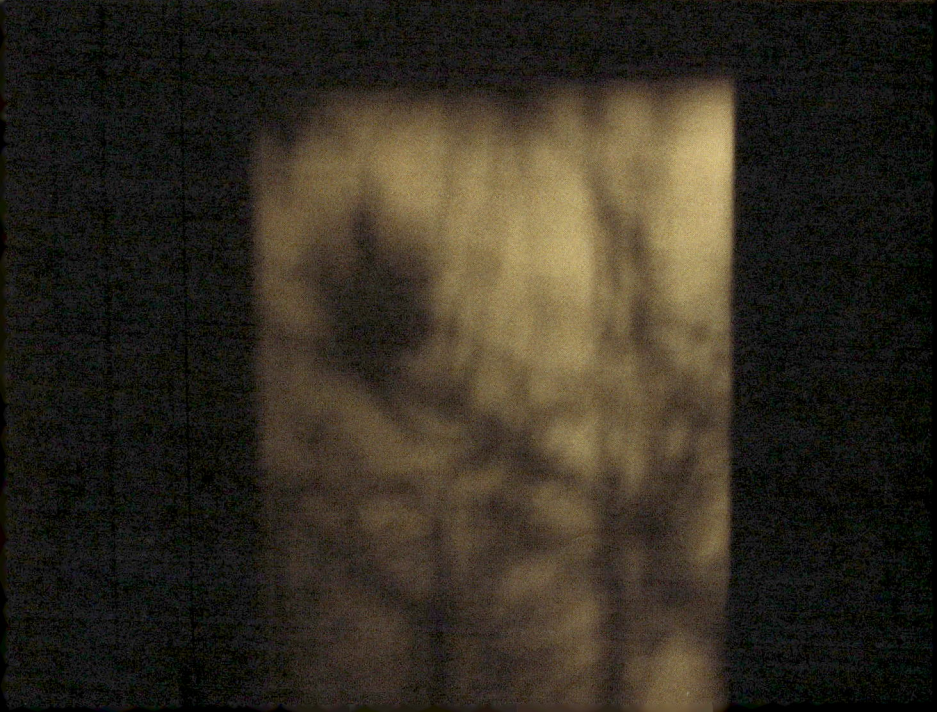

半夜醒来，天幕中有一弯月牙，它柠檬黄的光照耀着
厚厚的积雪，空气是蓬松清冷的暖灰色。

车厢里的暖黄色灯光，车窗外米兰正暗下来的天色，空气里
的城市气息，街心公园里起舞的人……远方变得如此旖旎，
像一场让人欲罢不能的恋情。

图书在版编目（CIP）数据

又是愉快的一天 / 陶立夏著 . -- 长沙：湖南文艺
出版社，2020.12
ISBN 978-7-5404-9819-1

Ⅰ.①又… Ⅱ.①陶… Ⅲ.①散文集—中国—当代
Ⅳ.① I267

中国版本图书馆 CIP 数据核字（2020）第 206543 号

上架建议：畅销·文学

YOU SHI YUKUAI DE YITIAN
又是愉快的一天

作　　者：陶立夏
出 版 人：曾赛丰
责任编辑：刘雪琳
监　　制：毛闽峰　李　娜
特约策划：李　颖　由　宾
特约编辑：王　静
营销编辑：刘　珣　焦亚楠
封面设计：尚燕平
版式设计：潘雪琴
出　　版：湖南文艺出版社
　　　　　（长沙市雨花区东二环一段 508 号　邮编：410014）
网　　址：www.hnwy.net
印　　刷：北京中科印刷有限公司
经　　销：新华书店
开　　本：775 mm×1120 mm　1/32
字　　数：65 千字
印　　张：9.5
版　　次：2020 年 12 月第 1 版
印　　次：2020 年 12 月第 1 次印刷
书　　号：ISBN 978-7-5404-9819-1
定　　价：49.00 元

若有质量问题，请致电质量监督电话：010-59096394
团购电话：010-59320018